노름꾼

실화소설 노름꾼

발행일	2017년 9월 22일		
지은이	지 리 산		
펴낸이	손 형 국		
펴낸곳	(주)북랩		
편집인	선일영	편집	이종무, 권혁신, 송재병, 최예은
디자인	이현수, 이정아, 김민하, 한수희	제작	박기성, 황동현, 구성우
마케팅	김회란, 박진관, 김한결		
출판등록	2004. 12. 1(제2012-000051호)		
주소	서울시 금천구 가산디지털 1로 168, 우림라이온스밸리 B동 B113, 114호		
홈페이지	www.book.co.kr		
전화번호	(02)2026-5777	팩스	(02)2026-5747

ISBN   979-11-5987-761-2 03810(종이책)   979-11-5987-762-9 05810(전자책)

이 도서의 국립중앙도서관 출판예정도서목록(CIP)은 서지정보유통지원시스템 홈페이지(http://seoji.
nl.go.kr)와 국가자료공동목록시스템(http://www.nl.go.kr/kolisnet)에서 이용하실 수 있습니다.
(CIP제어번호 : CIP2017024398)

실화소설

노름꾼

지리산 지음

가장 운이 좋은 노름꾼은
집으로 돌아갈 때를 아는 자이다!

북랩 book Lab

이 글을 쓰며…

이 글은 픽션을 가미한 영화 같은 소설이 아닙니다.

오래된 『타짜』라는 제목으로 세상에 널리 알려진 소설과 같이, 허구가 가미된 재미있는 이야기가 아니라 지금 이 순간에도 많은 곳에서 이뤄지고 있을 도박의 세계, 노름 세계의 실상을 한동안 실제로 생생하게 체험했던 저자의 경험을 고백하는 글로써 마약중독보다도 더 심각할 수 있는 도박의 늪에 빠져 타락의 인생, 몰락의 인생길로 들어서는 사람들에게 사기도박에 대한 경각심과, 아울러 사기도박세계의 적나라한 실상과 그 폐해를 널리 알려 이를 예방하기 위한 글입니다!

한 집안의 가장이 도박으로 인해 인생의 나락으로 빠져들면, 그 가정 역시 파탄이 일어날 수밖에 없는 심각한 문제가 되고 그 가족의 구성원에까지 피해가 미칩니다.

이는 심각한 사회적인 문제가 되어가고 있습니다.

이제 도박의 허구와 실상을 있는 그대로 널리 알려 더 이상의 선량한 피해자가 사기도박꾼들의 덫에 빠져들어 개인의 몰락, 가정의 파괴까지 당하는 그런 끔찍한 일들이 더 이상 일어나지 않도록

지리산 실화소설

해야 합니다.

　직장인이던 저자는, 오래전 우연히 도박의 세계에 빠져들게 되어 다니던 직장도 그만두었고 도박으로 인하여 소중했던 가정을 파탄 직전으로까지 내몰아갔지만, 도박의 짜릿함과 사기도박으로 벌어 들인 금품으로 인해 쾌락과 환락의 세계를 경험하고 마약 같은 도박의 환각에 빠져들었습니다.

　그 후 도박을 끊고서 근로자로 현장 일을 하게 된 쓰라린 경험이 있습니다.

　안타깝지만 아직도 여전히 곳곳에서 도박, 노름은 계속되고 있고 그 세계에서 사기꾼들의 사기도박 또한 여전히 이뤄지고 있는 현실에서, 한때 사기로 많은 피해자를 속이고서 돈을 갈취하였던 저자의 그 생생한 체험과 사례를 바탕으로 저자 나름대로 아무것도 모르고 도박의 세계에 빠져드는 사람들에게 속죄하는 마음으로 자세한 사기도박의 방법과 사기의 유형 등을 알려주어, 더 이상의 안타까운 사기도박의 피해자가 나오지 않기를 간절히 바라는

심정에서 이 책을 내기로 마음먹었습니다

가장 최근에 실제 일어난 일입니다.

얼마 되지 않았습니다.

이 글을 쓴 시간적 배경이 10여 년 전인데, 10여 년이 지난 2017년 지금도 사기도박은 사라지지 않고 오히려 광범위하게 퍼지고있는 실정입니다.

이 사연을 언급하는 이유는 독자 여러분에게 경각심을 더 높이기 위해서입니다.

나이가 60대 중반인 건실한 사업가가 있었습니다.

그가 하는 사업체는 그럭저럭 잘되고 있고 주위의 신망과 평판도 좋은 사람입니다. 다만 사람들에게 각기 다른 취미가 있듯이 이 사람은 바둑, 화투, 카드 등의 도박이나 남들과 승부하는 걸 취미로 삼아온 사람입니다. 돈 욕심 없는 사람은 없겠지만 이 사람은 도박을 해도 도박행위 그 자체를 즐기려 할 뿐이지 굳이 상대의 돈을 따내려 하지 않는 사람입니다.

얼마 전 오랜만에 만난 그분의 얼굴이 너무도 좋지 않았습니다. 혈색도 안 좋아 보이고 몸도 몹시 수척해 보였습니다.

직접 본인에게 이유를 물어보기가 그래서 주변의 친한 분에게 그의 건강에 무슨 이상이 있냐고? 물어보았더니 최근에 한두 달 짧은 사이에 카드 도박으로 몇 억의 큰돈을 잃었다고 합니다.

6

아는 사람 사무실에 우연히 놀러가(아마 그가 돈 많고 도박을 좋아하는 걸 알고서 누군가 그를, 그들의 사무실로 유인해서 불러들인 것이 틀림없겠지만⋯) 그 짧은 시간에 몇억 원의 큰돈을 잃었다는 것은 일상적인 도박판에서는 있을 수 없는 일이고 이것은 분명, 사기꾼들에게 엮인 것이 틀림없었습니다.

이 사람도 그동안 취미로 했지마는 오랫동안 도박게임을 해봐서, 도박 실력이 보통은 넘는 사람입니다.

이렇듯이 사기도박은 나와는 상관없는 먼 곳의 얘기나, 지나간 이야기, 소설 속의 이야기가 아닌 지금 이 순간에도 일어나고 있는 우리 사이 현실 속의, 실제 이야기입니다.

사기도박에 당하면 재산적인 손실도 크지만 당사자의 정신적 충격은 극심합니다. 더구나 그 가족들의 물질적, 정신적 피해는 말할 것도 없이 큽니다.

아무튼 저자가 쓴 이 글을 읽고서, 새삼 경각심을 가지고 도박에 빠지지 마시길 바랍니다.

더구나 사기도박은 막아야 할 범죄이니 그동안 모르고 간간이 도박을 해오신 분들도, 이제는 도박 사기꾼들의 실상과 그 폐해를 어느 정도 알게 되었으면 끊기를 간곡히 당부드립니다.

차례

도박(52장)으로 먹고사는 사람들

다른 방향으로 얘기해본다.

황당하게 들리겠지만, 이 이야기는 분명 엄연한 현실의 이야기다.

52장의 화투와 카드로 살아가는 사람들에 대한 이야기다.

이 세상에서 인간이 자신의 삶을 영위해가는 수단인 직업에는 여러 가지가 있다.

더구나 오늘날과 같이 직업이 전문화, 세분화된 사회에서는 보통 사람들이 들어보지도 못한 낯선 직업도 적지 않게 있다고 본다.

그중에서 도박으로만 먹고사는 사람들도 의외로 많이 있다.

그런 도박을 직업으로 하는 사람들의 부류에는,

첫째, 순수한 자기 도박실력만을 믿거나 요행을 바라고서 맨몸으로 도박판을 쫓아다니며 노름으로 세월을 보내는 사람들이 있는데 이런 사람들은 보통 생계를 꾸려나가는 것에 자신은 책임을 지려고 하지 않는 무책임한 사람들이다.

부모로부터 크고 작은 유산들을 물려받아 먹고사는 데 지장이 없는 사람들이라든지, 혹은 배우자나 주변 사람들이 자신이 사는 터전의 생계를 책임지고 이끌어 나가서 본인은 아무런 생계 걱정을 하지 않아도 되는 그런 사람들은, 일정한 직업도 갖지 못하고 노름판이나 성인오락실 등을 쫓아다니며 살아간다.

둘째, 사기수법을 이용해 상대를 속여 남의 돈을 따내어 생활하는 사람(일종의 직업적인 사기꾼)이다.

셋째, 도박판을 조성하여(속칭 하우스를 운영하여) 그 이득으로써 생활하는 사람. 사무실비, 청소비, 딜러비 등등의 각종 명목으로 도박장에서 금품을 챙기는 사람들이다.

넷째, 직접적으로는 사기행각은 하지 않으나 사기꾼들이 남을 속이거나 사기를 칠 때에, 그들의 바람잡이 역할을 하거나 그들의 들러리로서 생활하는 사람들도 있다.

보통 사기도박의 기술자들이 사기를 칠 때에는, 속칭 바지라고 불리는 들러리들이 거의 대부분의 도박판에 끼어있기 마련이다.

혼자서 도박판에 끼어들어가 사기도박을 하는 수도 있지만 더디고 위험해서, 대개 큰 게임 판에서는 들러리들이 한두 명은 꼭 끼어있다고 보면 된다.

더구나 큰 도박판에는 바람잡이나 모집책이 반드시 있는데 이들 중 모집책은 일명 호구들(돈 많고 사기도박을 전혀 눈치 채지 못하는 순수 아마추어)을 도박판으로 유인하고, 바람잡이나 들러리들은 실제 도박판에서 카드를 바꿔치기한다든지 화투를 칠 때 한 패거리인 기술자들이 화투를 섞어놓으면 거기에 알맞게 기리(화투패를 어느 정도 떼어내어 바닥에 두는 것)를 한다든지 하여, 사기기술자들이 사기를 칠 때에 모종의 보조 역할을 해낸다.

다섯째, 도박을 하는 하우스에는 도박으로 돈을 잃은 사람들을 상대로 고율의 선이자를 떼고 돈을 빌려주는 사채업자들(속칭 꽁지)와 음료수 등 먹거리를 갖다 주거나 각종 잔심부름 등을 해가며 수입을 벌어가는 심부름꾼들이 있다.

사기 도박꾼들은 멀리 있는 게 아니라 우리 주변에 있다. 단지 우리가 의식하지 못하고 있을 뿐이다.

책 속에서나 남들 얘기 속에서 들어본 듯이 사기꾼들이 나와 상관없는 멀리 있는 곳에 있는 게 아니고, 우리와 가까운 사람들 사이에 끼어있다.

보통사람들이 도박할 때는 모르는 사람들과는 도박을 섣불리 하지 않는다.

그래서 사기꾼들은 돈 많고 사기기술에 눈뜨지 못한 호구들에게 접근할 때는, 먼저 서서히 그들과 가까운 사람들을 통해 접근하게 된다.

친구들을 통해서든 아는 사람들을 통해서든 처음에는 안면을 익히고 나서, 서서히 친숙해지면 그와 그 주변의 사람들을 작업한다.

열 명이 아무리 지켜보아야 훔치려고 하는 도둑 1명을 못 당해내듯이, 아무리 도박 운이 좋게 따라주고 수년간 많은 도박을 해봐서 도박을 잘한다고 해도 사기를 치는 사기꾼들을 결코 이겨낼 수가 없다.

이러하니 적어도 이런 사기기술을 직접 하지는 못해도, 사기수법이 어떻게 행해지는지만 알고 있어도 사기에 당해 큰돈을 잃고 파멸의 구렁텅이로 빠지는 일은 없을 것이다.

앞으로 저자가 사기꾼들의 사기수법과 사례를 이 책을 통해, 자세히 소개할 테니 그 사기수법의 유형을 잘 알고서 앞으로 혹시라도 있을 모든 도박게임에서 경각심을 가지고서, 각자 현명하게 대처해 나가시기를 당부드린다.

한번이라도 도박을 해보신 독자분이라면, 나의 글에 당연히 공감이 가는 부분이 많으리라 생각된다.

노름과 연관된 사람들

김준호.

이 사람은 직업이 도박꾼이다.

다시 말해서, 별달리 하는 일 없이 도박으로만 현재의 생계를 유지해 나가던 그런 사람이었다.

그때 당시 나이가 50을 바라보던 나이였던 그는 젊었을 때 술집을 크게 운영했던 재력가였다고 한다.

하지만 결국 도박에 빠져들어 큰돈을 잃은 그는 이후 가정까지 파탄이 났다. 부인과 이혼하고 자녀들과 헤어진 후 그는 혼자서 여관 등을 전전하며 살고 있었다.

사기도박꾼들에게 걸려들어 많은 재산을 모두 탕진하고 가정까지 파괴되어 뒤늦게 그가 사기도박에 당했다는 것을 깨달았을 때는 그가 가졌던 모든 것이 다 사라지고, 없어진 뒤였다.

그 후로 그가 도박판에서 사기꾼들과 어울리며 각종 도박판을 전전해가며 사기도박꾼의 행렬에 끼어든 세월이 지금껏 20여 년…

이후 조그만 사무실을 얻어서 도박판을 열어서 그들과 함께 도박도 하고, 또한 도박판에서 번 돈으로 이자놀이까지 하며 살아갔다.

일명 하우스를 운영하고 있었던 것이다.

그리고 그 역시 자기 사무실에서 게임 판이 커지거나, 사정을 모르는 돈 많은 호구가 있으면 사기꾼들과 짜고서 그들의 돈을 사기 도박으로 갈취하기도 하였다.

한때 그의 사무실엔 도박하는 사람들로 들끓어서 사무실 내에서도 서너 군데 테이블에서 사람들이 도박을 벌이곤 하였다. 한참 하우스를 운영하여 재미를 보던 그도 사람들이 오락실로 빠져나가거나 아니면 자기들끼리 룸이나 모텔을 빌려서 도박을 해버리자 하우스 운영에 곤란을 겪고서 하우스 문을 닫게 되었다.

나중에 그와 관련하여 다시 얘기할 것이다…

박창우.

이 사람은 직업이 택시 운전수이다.

한참 택시를 운행하여 사납금과 수입금을 벌어야 하는 시간에도 그는 도박 아니면 성인오락실에서 죽치며 살아갔다.

당연히 회사 사납금은 밀리고 항상 돈에 쪼들리게 되었다. 한심한 사람이었다.

한때 그는 지방의 유명한 회사에서 총무과장직을 맡았던 성실한 샐러리맨이었으나 우연한 기회에 빠진 도박으로 가진 돈을 모두 잃었고, 결국에는 다니던 회사공금에 손을 대기 시작하여 수억 원의 회사공금을 역시 도박판에서 탕진. 다니던 회사도 그만두게 되었고 살고 있던 아파트는 도박의 부채정리로 넘어가고 부인과도 이혼하여 지금껏 택시를 운전하며 여관생활 등을 전전했다.

본인은 느끼지 못하고 있지만 자신의 삶을 스스로 책임지지 못하는, 비참하고도 한심한 밑바닥 인생을 살아가고 있었다.

나와 그의 인연의 시작은 10여 년 전인, 즉 2006년 6월경으로 거슬러 올라간다.

당시 해외 건설공사 일을 마치고 들어온 내가 시간적인 여유가 있어서 다른 일을 물색하던 중, 우연한 계기로 나 역시 도박판에 물들기 시작한 그 무렵이었다.

아는 사람을 따라서 구경을 간 도박판에서 그를 처음 소개받았고, 도박자금에 쪼들리던 그는 그 후 금전관계로 나와 자주 만나게 되었다.

사실 지금이 그에 관한 얘기를 더 이상 늘어놓을 시점은 아니지만, 지금 설명할 사기도박의 유형이 그와 관련된 여러 가지 일에서 나오므로 지금 소개하고자 한다.

당시 그와 함께 어울린 사람들 중 돈 많았던 개인택시업자 등 쉽게 얘기해서 돈 많던 호구들이 주변에 많이 있어서, 그들 호구들과 당시 나에게 접근했던 사기꾼들을 내가 그들 중간에서 그와 엮어주었다.

그때 나는 그들과의 사이에서 일종의 들러리 역할, 모집책 역할을 한 셈이다.(당시 나는 신 사장 또는 공단에서 일하는 직장인으로서의 신 과장으로 불렸다. 그래서 앞으로 이 책에 나오는 도박 이야기에서의 신 사장이나 신 과장은 저자의 역할이다)

알로구삥 도박

화투도박의 일종인 이 '알로구삥'이라는 게임은 각자 화투패 2장씩을 가지고서, 그 화투패 숫자의 합이 높은 쪽이 이기는 도박이다.

화투패 2와 화투패 3을 가지고 있으면 (2+3=5)…. 5끗발.

화투패 4와 화투패 5를 가지고 있으면 (4+5=9)…. 9끗발.

이 중 9끗(일명:가보)이 상당히 높고 두 화투패 숫자의 합이 10이 되어 제로(0)가 되면 제일 낮다. (일명:망통) 1+9=10, 3+7=10 등.

또한 화투패 2장의 숫자가 같으면 1땡, 5땡, 장땡 등 땡으로 불리며 이중, (삼팔광땡)이라 하여 삼광, 팔광이 화투패가 가장 족보가 높다.

지리산 실화소설

박창우가 나에게 전화를 했다.

"신 사장! 이번에 큰판이 있는데 어찌 내 후방 좀 쏴 줄 수 있소?"

(쉽게 말해 도박밑천을 대달라는 말이다)

내가 물었다.

"어떤 사람들인데요?"

"돈 많은 개인택시 기사 두 명과 한 놈은 영업택시 기사인데 자기 아내 친정집으로부터 이번에 유산을 많이 상속받아 돈이 좀 있는 녀석이요."

"그래요? 그럼 내가 노름 잘하는 기술자 한 사람을 소개해 드릴 테니, 우리 셋이서 함께 얘기 한 번 해봅시다!"

얼마 후 장 사장으로 통하던 장민호와 나, 박창우는 전화로 연락하여 셋이서 함께 만나 얘기했다.

서로 통성명을 한 후, 이런저런 얘기를 하다가 구체적으로 사기도박에 관한 얘기를 나눴다.

장 사장이 방법을 설명했다.

"박 기사님! 돈을 걸 때 무조건 첫 번째 화투패에 돈을 거세요.

그리고 내가 신호를 해줄 테니 내 신호에만 따라서 하시면 됩니다.

내가 엄지손가락을 살며시 내밀면 콜 하거나, 레이스 하고, 엄지손가락을 오므리면 표를 덮고 죽으세요."

그들. 속칭 호구들과의 도박게임은 다음날 시내의 한 모텔에서 시작되었다.

2006년 10월 중순 오후 3시경.

시내의 변두리 쪽에 있는 한 모텔의 방 안에서 택시기사 박창우와 다른 2명이 얘기 중이었다.

박창우가 물었다.

"형님, 담배랑 화투 사가지고 오셨소?"

개인택시 기사인 김태구가 대답했다.

"응! 음료수도 함께 사 왔어. 그런데 다른 사람은?"

"우리 셋과 그리고 형님! 수익이 알지요?

선진 택시 운전하는 녀석 말입니다."

김태구는 곰곰이 생각하더니 고개를 끄덕였다.

"아아! 그 사람? 잘 알지.

그 사람도 오기로 했어?"

"예! 그 녀석 땡잡았어요.

자기 집사람이 처가에서 유산으로 이번에 몇 억 받았대요. 그래서 나에게 요즘 어디서 노름하냐고 자기도 끼워달라고 하면서 자꾸 난리를 하기에 이번에 불렀습니다.

그리고 신 사장이 다른 좋은 사람을 한 사람 불러오기로 했는데, 그 사람은 시내에서 약국을 운영하는 사람이랍니다."

(당시 택시기사들은 도박할 때, 모르는 사람들과는 함께 도박을 하지 않았고 자기들 택시 운전기사들끼리만 모여서 도박을 하였다)

또 다른 개인택시 기사인 손달수가 물었다.

"창우! 몇 출이야?"

이것은 도박게임에서 판돈을 얼마씩 놓고서 시작하느냐를 묻는 것이다.

박창우가 대답했다.

"200 출 하기로 했습니다.(200만 원으로 시작한다는 뜻)"

"형님! 모텔비와 기타경비로 20만 원 뺄게요."

잠시 후 나와 장 사장이 모텔 방 안으로 들어갔고 그 뒤로 장수익이 들어왔다.

"안녕하십니까?"

"어서 오시오, 신 사장!"

"박 기사님! 인사들 하십시오.

이분은 시내에서 약국을 운영하고 계시는 장민호 사장님이십니다."

박창우가 먼저 장 사장에게 인사했다.

"안녕하십니까?

저는 신 사장하고 잘 아는 사이입니다.

잘 부탁드립니다. 그리고 이분들은 개인택시 운전하시는 분들이시고요.

서로 인사들 하십시오."

손달수가 먼저 손을 내밀었다.

"반갑소. 시내에서 약국을 하신다고요?

다음에 몸이 불편하거나 아프면 사장님 가게에 들릴게요."

김태구도 인사했다.

"안녕하십니까? 다들 놀기 좋아해서. 허~허~."

장민호가 넉살 좋게 대꾸했다.

"저도 심심하던 차에 신 사장님 얘기 듣고 이곳에 좋으신 분들이 매너 좋게 노신다고 해서 왔습니다. 잘 부탁드립니다."

이때 장수익도 인사했다.

"형님들 오랜만입니다!

창우 형님! 아까 함께 오자고 해놓고서 이렇게 혼자만 와버리시면 전 어찌합니까?"

박창우는 적당히 핑계를 댔다.

"어, 그렇게 되었어. 내가 먼저 와서 방도 얻고 이것저것 준비해야지!"

선수가 다 모인 것을 확인한 박창우가 운을 뗐다.

"자! 그럼 어서 시작하십시다. 판돈은 200줄 하기로 했으니 알고들 계실 것이고, 그럼 먼저 노 잡을 사람(화투패를 잡고서 게임을 시작할 사람)을 정합시다!"

박창우는 손달수를 향해 물었다.

"달수 형님이 먼저 노 잡으실 겁니까?"

손달수가 고개를 끄떡였다.

"그래! 내가 먼저 노를 잡을게, 판돈은 200만 원 시작이야!"

박창우는 나에게 손을 벌렸다.

"신 사장님! 200만 원만 좀 주시오!

내 돈 따면 이자 톡톡히 쳐서 계산해 드릴 테니.

그리고 신 사장님이 딜러 비를 빼세요, 노 날 때마다 1할씩 딜비로 빼면 될 겁니다. 그리고 축비도 좀 받으시면 되고요."

개인택시 운전사인 손달수가 화투를 쳐대어서 바닥에 두 장씩 다섯 군데에 놓았다.

바닥에 보이는 화투패 숫자가 4인, 첫 번째에 박창우가 20만 원을 걸었다.

장 사장은 보이는 화투패 숫자가 5인 두 번째로 선택해 10만 원을 걸었고, 장수익은 세 번째에 20만 원, 김태구는 마지막 5번째에 10만 원을 걸었다.

첫 번째 박창우가 자신의 화투패를 집어 들어 손바닥 사이에 놓고, 손가락으로 쪼리니 숫자 4가 올라와 8끗이 되었다.

(화투나 카드 패를 천천히 펼쳐보는 것을 비속한 도박용어로 '쪼린다'고 한다)

"알로!" 박창우가 외쳤다.

(알로란, 말 그대로 아래로 가란 말이다.)

8끗이면 상당히 높은 화투패이므로 더 이상 화투를 받지 않고 그냥 가겠다는 말이다.

두 번째 장 사장이 화투패를 쪼리니 7이 올라와 화투패 숫자의 합이 (5+7=12) 2끗이다.

"한 장 더 주세요!"

2끗발로는 질 것이 뻔하므로 화투 1장을 더 받았다.

세 번째 장 수익은 6끗에서 "알로"를 외쳤고.

네 번째, 아무도 돈을 걸지 않은 4번째 화투패를 보니 3+8=11. 1 끗이어서 화투패 1장을 더 깔았다.

(알로구삥 게임에서는, 아무도 돈을 걸지 않는 곳의 화투 끗발이 5 이하이면 화투패 1장을 더 깔아 놓아야 한다)

5번째 김태구는 3+6=9. 9끗, 즉 가보가 되었다.

상당히 높은 끗발이다.

"알로."

노를 잡은 손달수는 3+2=5, 5끗이 되어 불안해서 화투 한 장을 더 받았다.

한 장 더 받은 화투패 숫자가 3이 와서 3+2+3=8, 8끗이 되었다.

"자! 각자 화투패 까 보드라고."

장수익, 장 사장은 손달수에게 졌고 박창우는 똑같은 8끗으로 비기고 9끗인 김태구만 손달수를 이겼다.

몇 판 게임이 돌아가는 사이, 장민호는 다른 사람들이 눈치채지 못하게 화투에 엄지손가락을 이용하여 살짝 '오가리'를 해놓았다 (오가리란 엄지손가락으로 화투 가운데를 살짝 눌러 가운데가 약간 볼록하게 튀어나오게 하여 다른 화투패들과 쉽게 구별이 되게 하는 기술이다).

손달수가 화투패를 섞어서 바닥에 놓으면, 장 사장이 화투패 기리를 하였다.

화투를 기리할 때 화투를 슬며시 비틀어서 오가리로 표시해놓은 화투를 올려놓아서, 첫 번째에 놓인 화투패 2장이 9끗, 즉 가보가 되도록 만들었다.

그러고 나서 장 사장이 박창우에게 엄지손가락으로 신호를 보냈다.

"자 어서들 돈을 걸라고…"

"잠깐! 형님 이번엔 내가 전부 도리를 하려고 해요!

받아 줄라요?"

도리란 도박할 때 다른 사람이 도박 돈을 걸지 못하게 하고, 혼자서 돈을 전부 걸겠다는 뜻이다.

"그래? 그러면 박 기사 알아서 해!"

"놋돈이 전부 얼마요?"

"응! 250만 원이야."

"그럼 250만 원 전부 첫 번째 화투패에 걸겠소!"

물론 첫 번째 박창우의 화투패는 9끗, 즉 가보였다.

손달수도 8끗이 되어 속으로 승리를 자신하고 있었지만, 사실은… 이미 장 사장, 즉 장민호가 기리를 하여 화투패를 만들어 놓은 것이다.

"화투패를 까보시게! 박 기사 몇 끗인가?

나는 8끗이네! 내가 이겼지?"

"형님! 미안하게 되었소. 나는 가보요.

형님 운이 정말 없구먼요!

8끗이면 상당히 높은 끗발인데."

"자! 노 돌리시고, 다음은 태구 형님이 잡을 차례요."

김태구 역시 박창우에게 져서 다음엔 장수익에게 노를 넘겨주

었다.

이번에는 장 사장이 역시 첫 번째 화투패에 도리를 하여, 장수익

의 놋돈 200여만 원을 따냈다.

"신 사장님! 돈 좀 있습니까?"

가지고 온 돈 800만 원 남짓을 모두 잃은 손달수가 나에게 돈을

부탁했다.

"얼마나 쓰시렵니까?"

"월요일까지 해 드릴 테니 500만 씁시다!"

"손 사장님은 신분도 확실하고 신용도 좋으시니 차용증 같은 것

필요 없이 그냥 빌려 드리겠습니다.

대신 약속만 제대로 지켜주십시오!"

몇 시간이 지나고 결국 손달수 1,000만 원, 김태구 700만 원, 장

수익 800만 원….

이들은 그날 가지고 온 돈을 다 잃고서 나에게 돈을 빌렸다.

그 돈은 장민호가 미리 마련해 두었던 도박자금이었다.

새벽 3시가 넘어서 화투판이 끝나고 돈을 딴 박창우는 두 개인 택시 기사들에게 술 한 잔 사준다고 같이 나갔다.

다음날.

나와 박창우, 장민호 세 사람은 장민호의 사무실에 모였다.

박창우가 말했다.

"그 형님들을 살살 달래고 꼬시려고, 2차까지 술대접을 하고 남은 돈이 여기 있소!

술값과 차비로 200 정도 지출하고 나니 어제 딴 돈 3천에서 2,800만 원 정도 될 거요."

장 사장도 정산했다.

"제가 어제 딴 돈이 1,100만 원 정도 됩니다. 여기에서 제 돈은 2,500만 원 제외하면, 어제 우리가 1,400만 원 정도 땄네요!

빌려준 돈은 받으면 그때 조회하기로 하고 우선 1,400만 원으로 서로 조회하십시다."

박창우가 장 사장에게 주의를 줬다.

"장 사장님! 어제 술자리에서 이런 얘기가 나왔어요.

장 사장님이 화투패 기리를 할 때 살짝 돌려서 기리를 한다고 손장난으로 한 수씩 하는 게 아니냐고 저에게 묻더군요"

장민호는 놀랐다.

"허~어. 그럼 이 사람들이 오가리를 알고 있다는 말인데요!

다음부턴 오가리 기술을 쓰면 위험하겠군.

목화투를 집어넣어야겠어!

박 기사님! 다음번엔 목화투를 넣어서 내가 화투패를 보고서, 박 기사님께 신호를 해줄 테니 내 손을 잘 보시고 엄지손가락을 살짝 내밀면 '알로.' 엄지손가락을 오므리면 '한 장 더'를 하십시오!"

바로 이때 손달수에게서 전화가 왔다.

"어이 창우! 오늘 몇 시에 모일 거야?

그리고 장소는 전번 그 모텔인가?"

"예! 형님, 오후 3시까지 오시라고 신 사장에게 얘기해 놓았습니다. 형님도 그때까지 오시고 태구 형님께는 형님이 연락 좀 하십시오!"

"어이 창우! 그전에 신 사장에게 만나자고 연락 좀 해주게!

지금 내가 돈 준비가 안 되어서 신 사장에게 돈을 더 빌려야겠네.

지금 전화 연락 해봐!"

"형님, 얼마나 더 필요하신데요?"

1시간 후 시내 모 커피숍에서 나와 손달수, 박창우 셋이 만났다. 내가 물었다.

"손 사장님! 돈이 더 필요하시다고요?"

손달수는 고개를 끄덕였다.

"1천만 원만 더 씁시다."

나는 고개를 가로저었다.

"며칠 전 사장님께서 1천만 원 빌려 가신 돈도 있고 또다시 돈을 쓰시려면, 저에게 담보를 제공해 주셔야 합니다.

서로 믿고서 그냥 해드리면 좋은데 돈이 걸린 문제라서 쉬운 문제가 아니잖습니까?

확실하게 해두는 게 서로에게 좋겠지요."

손달수는 고개를 끄덕였다.

"담보라 음….

집은 집사람에게 알려져 집안싸움이 날 수 있으니 안 되겠고….

내 개인택시를 담보로 제공하겠소."

나는 고개를 끄덕였다.

"그럼 개인택시 사업면허에 담보를 설정해주시면 되겠습니다.

현재 개인택시 시세가 000 정도이니 1억까지는 돈을 더 해 드릴 수가 있습니다."

손달수가 승낙했다.

"알았소! 그럼 신 사장님과 함께 가서 담보를 설정합시다."

손달수는 개인택시를 담보로 하여 나에게 5천만 원을 더 빌렸다.

오후 3시, 지난번과 같은 시내의 한 모텔.

"다들 모였으면 이제 시작하자고!"

"어이 창우! 화투는 전번에 쓰던 것 버리고 새것으로 사 오게."

"예! 형님 담배 사면서 산도깨비 화투로, 좋은 화투를 이미 사

왔어요"

박창우는 미리 장민호가 가져다준 목 화투를 새 화투로 꺼내 놓았다.

그리고 그가 첫 번째로 노를 잡았다.

첫 번째 화투패에, 장수익이 30만 원을 걸었고, 두 번째 화투패에 김태구가 50만 원, 세 번째 화투패에 손달수가 100만 원을 걸었다.

그리고 가운데 네 번째를 비워놓고 장 사장이 마지막 5번째 화투패에 50만을 걸었다. 화투패 뒷장은 장민호가 알아볼 수 있었다.

첫 번째 장수익은 화투패 5와 2로 7끗, 두 번째 김태구는 4와 7로 1끗(따라지)이 되어 화투패를 한 장 더 받았는데 3이 와서 그리하여 4+7+3=4끗이 되었다.

세 번째 손달수 4와 8이 와서 2끗, 한 장 더 받은 화투패가 6 그래서 8끗이 되었고. 네 번째 화투패는 3과4=7, 7끗이 되어 그대로 5번째 장 사장의 화투패는 1과 3=4, 4끗이었다.

그리하여 한 장을 더 받아야 하나 하며 한 장 더 받을 화투패 뒷장을 보니 4이다.

이때 노를 잡은 박창우의 화투패를 보니 2와 3으로 5끗이다. 만일 장 사장이 화투패를 안 받고, 그냥 넘기면 노를 잡은 박창우에게 화투패 4가 가서 5+4=9 가보가 되어 전부를 이기게 된다.

그래서 장민호는 화투를 받지 않고,"알로"를 외쳤다. 그리고 박창우에게 화투패를 한 장 더 받으라는 뜻으로 엄지손가락을 안으로 오므러 신호를 보냈다.

화투패 한 장을 더 받은 박창우. 결국 박창우는 9끗, 가보로 모두를 이겼다.

"노 났으니, 노를 돌려야지.

이번에는 형님이 노를 잡을 차례요."

시간이 갈수록 박창우 앞에 판돈이 쌓이기 시작했다.

결국 이날도 손달수 2,000만 원, 김태수 1,800만 원, 장수익 3,000만 원 등, 세 사람은 담보제공과 카드 등을 맡기고서 나에게 7,000여만 원을 빌렸다.

밤을 새우고 나서 아침 7시쯤에 도박판이 끝났다.

각자 자기들 집이나 목적지로 가고 나서 세 사람은 흩어졌다가 장민호의 사무실로 다시 모였다.

박창우가 물었다.

"오늘 딴 돈이 얼마나 됩니까?"

내가 대답했다.

"빌려준 돈만 6,800여만 원.

하지만 현금은 김태우 500만 원, 장수익에게서 400여만 원. 전부 900만 원 정도인데 경비로 400 정도 나갔으니 지금 500만 원쯤 될 겁니다."

장 사장이 나를 불렀다.

"어이 신 사장!

자네가 빌려준 돈은 제대로 받을 수 있겠지?"

"개인택시 달수, 태구 두 사람은 담보설정을 해놓았으니 확실하고 장수익 이놈은 카드와 통장을 잡아놓았어!

통장을 보니 아직 통장에 8천만 원 정도 들어있던데 확실한 것은 은행에 확인해 봐야지."

이틀에 한 번꼴로 벌린 그들과의 작업에서 2주가 채 지나지 않아 택시기사 세 사람은 각기 손달수 4,500만 원, 김태구 3,000만 원, 장수익 5,000만 원씩 돈을 잃었다.

결국 손달수, 김태구 두 사람은 개인택시를 팔아야만 했다.

장수익은 그 후 다른 도박판으로 돌아다니며, 통장에 있던 집사람의 유산을 1억 넘게 날렸다고 한다.

훌라
카드게임

카드로 하는 '훌라 게임'은 화투의 뽕과 비슷한 게임이다.

카드 일곱 장씩 가지고 시작하는데, 같은 무늬 카드 세 장이 숫자가 연속으로 되었을 때(♣3♣4♣5, ♡8♡9♡10 등), 같은 숫자 3장 왔을 때(444, QQQ, KKK 등), 같은 숫자의 카드 4장이 왔을 때(2222, 8888, QQQQ 등), 그리고 숫자 7인 카드가 왔을 때만(♠7♣7◇7♡7) 등록이 되어 바닥에 카드를 내려놓는다.

그리하여 손에 들고 있는 카드가 1장도 없을 때 게임이 끝나거나, 그렇지 않으면 상대방과 비교하여 점수가 낮으면 이긴다.

이 훌라 게임 역시 두 사람이 서로 짜고서 상대방의 돈을 쉽게 따낼 수 있다.

A부터 K까지 신호를 정하고 서로 짜고서 무슨 카드를 건네주라

고 신호를 주고받으면 쉽게 게임을 끝내고 상대편들의 돈을 우려낼 수가 있다.

얼마 후 장민호의 사무실.

택시기사인 박창우와 내가 모였다.

알로구뺑 화투도박으로 큰 금전적 피해를 본 택시기사들이 자신들과의 도박을 피하고 자기들끼리만 어울리자, 박창우는 화투보다 카드 도박을 좋아하는 새로운 개인택시 기사들을 물색하여 장민호 그리고 나와 상의하였다.

이들은 주로 홀라 게임으로 도박을 한다고 하였다.

장민호가 말했다.

"창우 씨! 잘 들으시오. 지금부터 내가 홀라 게임을 할 때 각기 카드를 표시하는 방법을 가르쳐줄 테니 잊지 마세요!

손바닥으로 얼굴을 만지거나 턱을 손대면 카드 10.

입술에 손을 대든지, 입으로 쩝쩝 등의 소리를 내면 J.

코에 손을 대든지, 킁킁 콧소리를 내면 Q.

머리 쪽에 손을 대거나, 머리를 긁으면 K."

이렇게 카드 A부터 K까지의 카드표시 방법을 가르켜준 장민호는 다음날 자신의 사무실로 대우약국 김 사장, 으뜸병원 최 사무장, 부동산업자 조 사장, 그리고 택시기사 박창우를 불러 5명이 홀라 게임을 하였다.

게임 룰은 일명 '막패기'로 카드 일곱 장씩을 받고서, 자기 차례에 자신이 받은 일곱 장 카드의 숫자 합이 상대편들보다도 낮은 점수라고 생각이 되면, 카드를 내려놓고 상대편과 점수를 비교하면 된다.

이때 각각의 상대방 점수가 내려친 사람의 점수보다 높아서 잡지 못했을 때는, 7카드나 등록자가 있으면 두 배로 돈을 내야 하고 또한 내려친 사람보다 상대방 가운데 한 사람이라도 점수가 낮은 사람이 있으면 내려친 사람이 선수들 모두의 돈의 두 배를 물어내 줘야 한다.

다른 등록자가 있으면 마찬가지로 배로 물어내야 하고, 5명이 게임을 하면 우승자는 1명이므로 나머지는 순위대로 돈을 우승자에게 줘야 한다.

우승자를 제외하고 다음으로 1위는 3만 원, 2위는 5만 원, 3위는 7만 원, 4위는 10만 원으로 정했다.

등록을 하지 못한 무 등록자는 꼴찌금액의 두 배인 20만 원을 내야 한다.

으뜸병원 최 사무장이 선을 잡고서 카드를 돌렸다. 최 사무장이 자신의 차례에서 ♡10을 버렸다.

(이때 버린 카드 ♡10이 자신의 카드와 맞아서 등록자가 되는 사람이 "땡큐" 하고 받아서 등록하고 땡큐가 없으면 시계방향 순서로 돌아간다)

♡10카드가 땡큐가 없자 다음 순서인 장 사장이 바닥카드 한 장

을 집었다. 이때 '쿵' 하고, 박창우가 콧소리를 내었다.

장 사장의 8장 카드 중에 버려야 할 카드가 J카드, K카드도 있었으나, 장 사장은 Q카드를 버렸다.

"땡큐" 박창우가 QQQ로 등록하고 장 사장이 신호한 9카드를 바닥에 던졌다. 그리고 ◆5카드의 신호를 보냈다.

"땡~큐" 9카드를 받아 장 사장이 ♣9, ♣10, ♣J로 등록하고 마침 박창우가 신호한 ◆ 5카드가 장 사장 손에 있어서 바닥에 던졌다.

"땡큐…! 삐리입니다."

'삐리'란 말은 게임이 끝나게 만들어 주었다는 뜻으로 벌칙은 꼴찌금액의 2배로 물어내주는 게임 룰이다. 장 사장의 땡큐 삐리로 인하여, 등록을 하지 못한, 으뜸병원 최 사무장은 20만 원, 대우약국 김 사장은 등록자 7카드와 333카드, 즉 등록자 카드가 2개가 있어서 2곱, 4곱이 되어 80만 원, 부동산업자 조 사장은 등록자 1개(J J J)로 40만 원, 삐리를 당한 장 사장은 등록은 했으나 꼴찌 금액의 2배이므로 20만 원을 물어냈다.

이 한판으로 박창우는 160만 원을 따냈다.

박창우가 선을 잡고서 카드 1장을 버려야 할 때, 이때 장 사장이 박창우에게 낮은 숫자의 카드를 버리라는 신호를 보냈다.

잠시 생각한 듯하다가 박창우가 ♠A(에이스) 카드를 바닥에 던졌다.

♠A 카드를 땡큐 받는 사람이 없어, 다음 차례 조 사장이 7카드 1장을 내려놓고 등록했다.

그 다음 최 사무장은 무등록, 다음 순서인 장 사장 차례가 오자 그는 외쳤다.

"쳤습니다! 내 카드 점수가 7장에 34점입니다.

제 점수 잡는 사람 계시면 얘기하세요!"

등록했던 조 사장은 카드가 6장이지만 K카드 2장, Q카드 1장, 이 3장으로만 해도 점수가 38점이 되어 장 사장을 잡지 못했고 대우약국 김 사장만 7카드 2장과 QQQ, 즉 등록자가 3개나 있어서 무등록인 20만 원의 2곱, 4곱, 8곱으로 160만 원을 내야 했다.

200만 원씩 놓고 시작한 게임 판에서 3시간이 채 못 되어 대우약국 김 사장은 200만 원씩 5번에 1,000만 원 돈을 잃었고, 으뜸병원 최 사무장은 4번에 800만 원, 부동산업자 조 사장은 7번에 1,500만 원, 돈을 잃고 있었다.

장민호의 전화를 받고 그의 사무실로 간 나는 그들에게 돈 빌려주는 역할을 하였다.

토요일 오후 2시경 시작한 게임이 다음날 새벽 1시가 넘어서야 끝났고, 대우약국 김 사장은 가지고온 돈 현금 1,000만 원, 빌린 돈 2,000만 원을 잃었다.

으뜸병원 최 사무장은 현금 900여만 원, 빌린 돈 1,000만 원, 부동산업자 조 사장은 현금 500여만 원, 빌린 돈 1,500만 원을 잃었다.

이리하여 이날 빌려준 돈은 4,500만 원, 딴 돈은 2,400만 원, 밖으로 나간 경비가 노름 개평 등으로 800만 원쯤 되어 나머지 1,600만 원으로 세 사람이 분배하였다.

그 후 이들과 몇 번의 홀라 카드게임에서, 이들은 한 사람당 거의 7~8천만 원 정도를 잃게 되었다.

이토록 큰돈을 잃었어도 그들은 사기꾼들에게 당했다는 생각은 꿈에도 상상하지 못했을 것이다.

지금도 그들은, 자신들이 당시에 이러이러하게 사기당하여 큰돈을 잃었다는 사실을 알려주지 않으면 영원히 모를 것이다.

사기꾼들은 모르는 사람들이 아니고 우리와 인사하고 함께 어울리고, 그리고 게임을 할 때는 점잖고 예의 바른 사람으로 우리에게 나타나는 사람들이다.

기본적인 사기수법

학창시절 수학문제에서 기본적인 공식이나 원리만 제대로 알고 있으면, 어떠한 형태의 문제가 출제되어도 쉽게 응용하여 풀어갈 수 있듯이 도박에서도 마찬가지다.

기본적인 것만 알아둬도 큰 도움이 된다.

속임수는 두 가지이다!

하나는 눈속임을 하는 것이고 다른 하나는 장비 등을 이용하는 것(표시된 카드, 표시된 화투, 렌즈 이용, 카메라 이용)이다.

눈속임은 다음과 같다.

〈스테키 기술〉

포커 카드게임 등에서 사용하는 눈속임 기술인데 카드를 섞는 샤프질을 할 때, 손장난을 이용해 같은 숫자의 카드 3장, 즉 트리플(일명 똘, 짠짠짠)을 만들어내는 기술과, 좋은 카드를 맨 밑장에 놔두고 필요할 때마다 빼내는 밑장빼기 기술이 있다.

〈오가리 기술〉

화투 도박을 할 때 사용하는 기술로 조커나 구 쌍피, 똥 쌍피, 비 쌍피 등 중요한 화투패에 엄지손가락을 이용해 화투패의 가운데 부분을 살짝 눌러서, 그 화투패를 얼른 알아볼 수 있도록 하는 기술(사기꾼들이 이런 오가리 기술을 쓸 때에는 바닥에 놓인 화투패를 살짝 비틀거나 돌리면 손으로 살짝 눌러놓은 화투패 부분에서 화투패가 살짝 돌아간다. 이를 보고 그 화투패가 어디쯤 위치한지를 알게 된다).

〈객을 차는 기술〉

화투 도박을 할 때 남들보다 화투를 몇 장 더 가지고서 속이는 기술.

속칭 객을 찬다고 말하는데, 고스톱 화투에서 한 사람당 7장의 화투를 가지고 시작하지만 남들보다 2~3장을 더 가지고서 기회가 오면 기술자가 손바닥 안에 화투패를 넣고서 다른 사람들이 눈치채지 못하도록 재빠른 손짓으로, 바닥의 화투패 위에 얹어 놓는다.

그리하여 그 화투패를 자연스럽게 뜬 것처럼 하든지 혹은 설사 (속칭 뻑)를 하여 놓든지 하는 기술.

또한 조커나 쌍피 등 좋은 화투패 몇 장을 맨 밑이나 맨 위로 올려놓고서, 같은 편인 들러리가 화투패 기리를 할 때 좋은 화투패가 자기편에게 들어가도록 만들어주는 기리작업이 있다.

〈탄 기술〉

일종의 눈속임과, 장비사용의 혼합형 기술로서 사기꾼들이 도박현장에서 진행 상황을 지켜보고서 기술자가 화장실이나 다른 곳으로 가서 카드나 화투패를 미리 만들어 작업해놓은 것을 '탄'이라 한다.

이 '탄' 작업된 화투나 카드를 사용할 때는 상대방의 패는 죽을 수도 없는 아주 좋은 패를 만들어주고, 사기꾼들은 그보다 한 끗 발 높은 패로 이기도록 만들어 놓는다.

그리하여 아주 큰판으로 도박게임이 붙도록 만들어서, 한마디로 한방에 게임을 끝내도록 하는 기술이다.

상대방이 판돈을 많이 가지고 있거나 게임을 빨리 종료시키고자 할 때 사용한다(총탄 한 방으로 상대방을 거꾸러트린다는 뜻에서 '탄'이라고 명칭을 붙인 듯하다).

이렇게 '탄'작업이 된 카드를 도박현장에 집어넣기 위해서는, 들러리나 바람잡이가 모종의 역할을 해야 한다.

커피나 음료수 등을 이용하여 주의를 산만하게 만든다든지, 아니면 호구들의 시야를 가리기 위해 담배나 라이터 등을 좀 달라고 하면서, 바람잡이나 들러리가 호구 앞으로 몸이나 팔을 이용하여 그의 시야를 가린다. 그 틈에 '탄' 작업이 된 카드와 바꿔치기를 하는 것이다.

도박 게임 도중 이러한 과장된 행동이나, 불필요한 몸짓이 있으면 반드시 주의하여야 한다!

〈목 화투(표시된 화투)〉

화투패에 사기꾼들이 그 패가 어떤 패인지 알아볼 수 있도록 표시하는 방법에는, 화투 뒷면에 약물로 표시하는 방법과, 줄이나 칼 등 날카로운 도구를 이용하여 화투 옆면에 표시하여 사기꾼들이 손가락 감촉으로 화투 옆면을 만져서, 그 화투패를 알아볼 수 있도록 하는 방법 등이 있다.

〈목 카드(표시된 카드)〉

포커카드에 표시하는 방법에는 몇 가지가 있다.

옛날에는 날카로운 문구용 칼로 해당 표시 지점의 인쇄 부분을 지워서 사용했던, 일종의 칼 목이 있었으나 카드를 불빛에 비춰보면 번뜩거려서 금방 쉽게 표시가 나므로 아주 위험해서 지금은 쓰이지 않고 있다.

요즈음엔 화공약물로써 해당 부위를 표시하여 사용하기도 하고, 렌즈 카드를 사용하기도 한다.

음양 목 : (음) 해당 부위만 남겨놓고 나머지는 똑같은 무늬를 약품으로
　　　　　 칠하는 방법.

　　　　　 (양) 같은 무늬나 숫자 등을 해당 부위에 약물로 표시하는 방법.

점 표시 : 카드에서 해당 부위의 점에 약품으로 직접 까맣게 표시하는
　　　　　 방법.

삼각표시 : 카드 가운데 삼각형으로 된 부분을 표시하는 방법.
　　　　　 그 후로 공장에서 바로 표시가 인쇄되어 나오는 공장목 카드
　　　　　 가 있다.

카메라 : 뒤에 따로 설명하겠다.

　하여튼 도박을 하다가 이상하다는 느낌이 들면, 의심스러운 상
대가 카드나 화투패를 만질 때, 그의 손동작이나 몸짓 등을 유심
히 살펴보면 되고 그리고 게임이 끝나고 나서든지 게임 도중에라
도, 게임을 했던 카드나 화투패를 들고서 조사해보면 된다.
　어떠한 게임에서나 사기의 기본은 위에 설명한 두 가지이다.

잊지 마시길 바란다 !

어차피 인생 자체가 도박이라는 개념에서 국가에서 합법적으로
용인해주는 도박도 있지만 남을 속이는, 더구나 사기행위로 한 인
간을 파멸의 나락으로 몰고 가는 그러한 비열한 사기도박의 행위
는, 강도에 버금가는 중대한 범죄 행위로 취급하고 중한 법으로서
처벌되어야 한다고 본다.

도박에 몹시 빠져들어 본 경험이 있는 사람.
도박으로 인하여 큰 낭패를 경험한 사람.
도박으로 인해 모든 가산을 탕진해 본인은 거의 폐인이 되다시
피 하고 파탄으로 내몰린 가족들.
이 모든 사람들은 사기도박의 피해자이다.

어찌 보면 도박도 일종의 산업이다.
우리가 모르고 있지만 이런 도박에 종사하거나 매달리고 있는
사람들이, 지금도 우리 주변에 너무나도 많이 있다.
음성적인 사채시장의 자금을 양성적인 투자회사나 주식시장으
로 이끌어내듯, 우리 주위에 퍼져있는 불법적인 도박을 더 이상 방
치하지 말고 밖으로 끄집어내어, 그의 치부를 드러내고 치료해 주
어야 한다.
도박의 중독성을 심각히 고려하여 그 도박의 해악성을 우리 사

회에 널리 알리고 그 피해를 최대한 줄여야 하겠지만, 부득이 도박을 중지시킬 수 없으면 건전한 오락성 게임 등으로 유도해야 한다고 생각한다.

카드나 화투패 52장으로 오늘도 울고 웃는 사람들이 있고, 이 52장으로 생활을 영위해 나가는 사람들이 있다.

그것도 무수히….

젊은
사업가

안타까운 사연이 있었다.

내가 이 책을 쓰게 된 직접적 계기가 되기도 한 이 사연은, 2007년 5월경부터 2008년 6월까지 거의 1년 가까이 일어났던 일로 실로 안타까운 사연이었다.

(이곳에서 불리는 이름은 당연히 실명이 아니고 가명임을 미리 알린다)

이수민은 30대 후반의 앞날이 기대되었던 건실한 사업가로서, 당시 부친이 운영하셨던 사업을 물려받아 사업을 크게 확장해 나아가고 있었고, 내가 그에 관한 얘기를 듣고서 그와 한두 번 게임을 했을 때 그는 시중 은행권 자금을 지원받아 자신의 사업체 확장공사를 추진하던 중이었다.

따르릉~.

장민호에게서 몇 달 만에 전화가 왔다.

"어이 신 사장! 지금 시간 있어?

시간되면 ○○로 건너올 수 있겠나?"

"오랜만이야, 그런데 무슨 일로?"

"전화상으론 곤란하고 만나서 얘기하세."

30분 정도 지나 그가 얘기한 장소로 가서 그를 만났다.

"어이 장 사장! 자네 차는 어디 있나?

차 안 가지고 왔어?"

장민호가 대답했다.

"내 차는 안 가지고 왔어.

자네 차를 타고 함께 갈 데가 있네!

가면서 얘기하지…. 자네 이수민이라고 키 크고 좀 마른 녀석 잘 알지?"

나는 고개를 갸웃했다.

"누구? 잘 모르겠는데."

"청산 아파트에서 두세 번 이 녀석과 함께 카드게임 했잖아?

자네, 나, 창수, 그리고 이 녀석하고. 생각 안 나?"

나는 내 머리를 쳤다.

"아. 이제 생각나네, 그 젊은 친구?

그런데 이 녀석은 왜…?"

"이놈에게 5천만 원을 빌려주었는데 30일까지 갚기로 하고는 그날짜가 지나자, 그 이후로는 전화도 받지 않고 아예 잠적을 해버렸어!"

"사는 집은 어디인지 알아냈어?"

"겨우 집을 찾아내어, 몇 번 집에 갔었지.

마누라와 부모님께도 알아듣게 얘기했지.

하지만 집에 안 들어온 지가 몇 달 된다고 딱 오리발이야.

지금 짓고 있는 공장도 공사가 중지되었고. 이놈이 어디 갈 곳이 없는데 말이야.

그러던 중 엊그제 누가 이놈을 보았다는 말이 있어서, 확인을 좀 해보려고.

이놈이 내 차는 알아보니까, 자네 차를 타고서 아파트 입구 쪽에서 잠복 좀 해보세.

저 녀석이 자네 차는 모를 거야."

그가 살고 있다는 아파트 입구에 차를 주차해놓고, 오후 5시경부터 3시간이 넘도록 우리는 차 안에서 잠복을 하였다.

띠리릭. 띠리릭. 장민호에게 전화가 걸려왔다.

"뭐라고? 알았어 내 바로 올라갈 테니 조금만 기다려!"

장민호는 전화를 끊고 말했다.

"신 사장! 급한 일이 있어서 바로 다녀올 데가 있네!

자네 시간 있으면 오늘부터 2~3일만 내 대신 잠복 좀 해주시게.

자네 고생한 수고비는 따로 챙겨줄게."

당시 크게 할 일이 없었던, 나는 수고비를 받고서 2~3일 잠복을 해주기로 했다.

첫날밤엔 차 안에서 잠만 잤다.

다음날 집에도 가지 못하고, 차 안에서 빵과 컵라면으로 때우면서 출근 시간, 퇴근 시간에 집중적으로 아파트 입구를 살폈다.

'그 녀석이 말수도 적고 점잖은 사람 같았는데, 돈을 빌려 도망가거나 그럴 사람은 아닌 것 같은데.

아니 돈 문제로는 그럴 수도 있겠지…?'

그에 관한 기억이 어렴풋이 떠올랐다.

그는 돈이 많아 보였다,

당시 그는 항상 1천만 원 정도의 현금을 가지고 다녔다.

큰 사업을 한다고 했는데, 그의 처지에서 보면 그다지 큰돈으로 보이지 않는 5천만 원 정도에 몇 달씩 집에도 들어가지 못하고 도망 다닌다는 말인가?

지금 그가 하는 사업도 있는데?

또 그때 그가 추진하고 있었던 공장건축 문제는?

왜? 무슨 이유로 연락을 끊고 도망을 가게 되었지…?

장민호가 그동안의 그에 대한 자세한 얘기를 해주지 않았고 그와 한두 번밖에 접해보지 못한 나로서는, 그들 사이의 이러한 상황이 여간 궁금하지 않을 수 없었다.

이틀째 차 안에서 밤을 새운 나는, 다음날 새벽 일찍 인근 사우나에 가서 샤워하고 김밥으로 간단한 요기를 한 후에 출근 시간대에 맞추어 얼른 아파트 입구로 갔다.

학생들 등교 시간이 지나고 직장인들 출근 시간도 지난 후 자영업자나 개인 사업가들이 집을 나설 시간인 오전 10시경, 그때 얼핏 이수민과 용모나 체형이 비슷한 사람이 아파트 입구를 지나 아래쪽을 향하는 게 보였다.

나는 차 안에 벗어둔 잠바를 입고서 곧바로 그곳으로 달려갔다.

바로 그 뒤를 쫓아왔으나 부근엔 아무도 없었다.

귀신이 곡할 지경이었다.

한참 동안 그 부근을 헤매다가 다시 차 안으로 돌아왔다.

차 안에서 곰곰이 생각해보니 분명 이수민 그 젊은 친구였다.

한동안 곰곰이 생각한 끝에, 나는 장민호의 부탁도 잊은 채 그를 만나 보아야겠다고 생각했다.

우선 이유가 궁금했다.

그를 만나 자초지종을 들어보기로 하였다.

그가 어찌 5천만 원 돈을 빚지게 된 이유와, 그동안 그들과의 어떠한 일이 있었는지?

여간 궁금하지 않을 수가 없었다.

복장을 단정히 갖추고 나는 그의 아파트로 향했다.

분명히 아침에 아파트 입구에서 나왔으니, 그의 가족과 그가 그 집에서 살고 있음이 틀림없었다.

12층 1201호가 그의 집이었다

딩~ 동~. 초인종을 눌렀다.

딩동~ 딩동~.

계속 벨을 눌러댔지만 아무런 인기척이 없었다.

분명 집안에 사람이 있는 것 같았다.

하지만 계속되는 벨 소리와 "계십니까?"라는 나의 목소리에도 아무런 대꾸가 없었다.

별수없이 아파트를 나와 다시 차로 발길을 돌렸다.

이수민이 집에 들르는 것을 확인했지만, 나는 장민호에게 연락하지 않았다.

먼저 그와 접촉하여 얘길 해보고 나서 알려주어도 충분할 것 같은 생각이 들어서였다.

1~2시간쯤 지나고 다시 그의 아파트로 올라갔다.

이번에는 벨을 울리지 않고, 현관문에 귀를 대고서 먼저 집안에 사람이 있는지를 확인했다.

"쿵쿵쿵. 엄마!"

"동수야, 동생 잠 깬다, 쿵쿵거리지 말아라!"

분명히 아이들 목소리도 들렸고 젊은 아주머니 목소리도 들렸다.

그리고 나이 먹은 노인네 목소리도 함께 들려왔다.

아마 이수민의 부모님과 함께 살고 있는 것 같았다.

똑똑~. 똑똑~. 똑똑똑~.

이번에는 초인종 벨을 누르지 않고 손으로 직접 문을 두드렸다.

"아주머니,~ 아주머니~"

비교적 큰 목소리로 불렀어도 역시 조용했다.

"아주머니, 저는 애기아빠 수민 씨와 아주 가까운 사이입니다.

형님 동생 하는 사이로 친하게 지내고 있는 사람입니다.

문 좀 열어 보세요!

지금 수민이에게 급히 전해줄 게 있습니다."

쥐죽은 듯 조용했던 집안에서 그제야 문 안쪽으로부터 부스럭거리는 소리가 났다.

그리고 문이 안에서 고리가 걸린 채로 조금 열렸다.

체구가 조그만 아주머니가 문을 안쪽에서 걸어놓은 채 사람을 확인할 수 있을 정도로만 문을 열고서 나를 쳐다보았다.

그런데 아주머니는 나를 보고서, 마치 환자처럼 얼굴이 새파래졌다.

그런 아주머니를 보고서 나도 깜짝 놀랐다.

"누구세요?"

"아주머니 겁먹지 마세요!"

나를 보자마자 창백해지는 얼굴이라든지, 떨고 있는 그 아주머니의 어깨를 쳐다보고 있노라니 몹시 측은한 생각이 들었다.

아주머니의 목소리도 겁먹은 듯 아주 떨렸다.

"아주머니! 저는 나쁜 사람 아닙니다.

애들 아빠 수민이와 저는 잘 아는 사이입니다.

지금 수민이가 곤경에 처해있는 것 같아, 도와주려 하는 것이니 경계 놓으시고 안심하세요.”

“누구세요? 우리 얘기 아빠 잘 아세요?”

그때 방 안 저쪽에서 목소리가 쉰 듯한 노인네의 목소리가 들렸다.

“동수 엄마야! 누구냐?”

“아버님, 아무것도 아니에요….

아저씨 무엇 때문에 오셨어요?”

“아주머니 정 불안하시면 제 이름과 연락처를 적어드리고 갈 테니, 애 아빠 들어오면 저에게 전화하라고 하세요.

그리고 저는 얘들 아빠에게 해 끼치러 온 사람이 아니라 도와주려고 찾아온 사람이니 진정하시고 안심하세요.”

그때까지도 창백한 얼굴과 떨리는 어깨를 진정 못 하던 아주머니는, 내가 건네준 메모지를 받아들고 살짝 고개를 숙이고는 다시 문을 닫았다.

무슨 일이 있었기에 아주머니의 사람을 대하는 태도가 저럴까?

완전히 공포에 떠는 모습이었다.

그날 저녁 무렵인 오후 6시경, 그로부터 전화가 걸려왔다.

“여보세요 신 사장님 되십니까?

그런데 누구십니까? 저는 잘 모르겠는데요.”

"수민 씨! 나는 수민 씨하고 누구, 누구와 몇 달 전 청산 아파트에서 한두 번 카드게임을 함께했던 사람입니다.

얼굴 보시면 알게 될 겁니다."

"그런데 무슨 일로 저를 만나려 하시는지…?"

"만나서 긴히 할 얘기가 있어요!

난 지금 수민 씨가 빚 독촉에 시달려 피하고 다니는 사정을 잘 알아요.

나는 수민 씨에게 해를 끼치려 하는 게 아니고 도와주려는 마음에서 그러는 것이니, 우리 한번 만나서 수민 씨 문제의 해결방법을 함께 찾아봅시다.

내가 도와줄게요."

"어디서 뵐까요?"

"지금 수민 씨 어디 있나요? 남들 보는 눈도 있고 그러니 지금 택시를 타고 ○○ 해안가 방파제 쪽으로 와요.

내 지금 출발할 테니 내 차는 검정색 중형차량이요."

약 40분 정도 지나서 ○○ 해안가 방파제에서 그를 만날 수 있었다.

내가 그를 먼저 알아보고 그에게 손을 흔들었다.

그가 내 차 쪽으로 걸어왔다.

그제야 나를 알아본 이수민이 인사했다.

"아! 안녕하세요? 오랜만에 뵙겠습니다."

몇 달 만에 본 그의 모습은 완전히 다른 모습으로 변해있었다.

그때의 당당하고 자신감 있고 차분했던 모습이 아니라, 창백하고도 핼쑥해진 얼굴이었다.

행동도 무엇인가에 쫓기는 듯이 안절부절하는 몹시 어색한 행동이었다.

"바깥 날씨가 차가운데 차에 타세요!

차 안에 아무도 없으니 걱정 마시고."

이수민이 차에 들어왔다.

나는 이수민을 달랬다.

"수민 씨! 내가 수민 씨를 돕고 싶은 마음에서 여기 이곳까지 온 것이니, 나에게 탁 터놓고 그간의 빚지게 된 정황을 사실대로 숨김없이 얘기해봐요."

차창 밖을 쳐다보며 담배 한 개비를 다 피워가던 이수민이 천천히 입을 열었다.

"장민호 그 사람을 만나서 3억여 원을 잃었습니다."

2007년 초.

아는 사람의 사무실에 놀러 갔다가 우연히 알게 된 한창수와 그의 소개로 장민호를 알게 되었고, 그들의 꼬임에 빠져 그들과의 어울림이 잦다 보니 씀씀이도 헤퍼졌고, 그 후 돈도 크게 잃게 되어 결국 추진하고 있었던 사업의 부도로까지 이어졌다고 한다.

지금 그의 처지는 은행융자를 받아 건축 중이던 가공 공장의 공사중단으로 인해, 공장부지와 현재 사는 아파트가 법원에 가압류된 상태이고 밀린 공사대금과 근로자 노임, 도박 빚 등으로 도망다니고 있는 현실이라고 했다.

장민호 등과의 도박에서, 그는 한 번에 평균 500~600만 원 정도씩 잃었고, 많이 잃을 때는 한 번에 2~3천만 원 정도 잃을 때도 여러 번 있었다고 한다.

그 와중에 장민호의 연락으로 나도 그와 한두 번 카드 도박을 하였다.

나와 함께했던 게임에서도 그는 돈을 따지 못했다.

아니 돈을 딸 수가 없었다.

장민호의 소개로 어울렸던 각종의 도박판에서, 그는 거의 돈을 따본 일이 없었기 때문이다.

한창수와 그의 친구들인 골프 연습장 사장 박중열, 단란주점 사장 이태현 등과도 함께 어울려 도박을 했으나 결국 그는 장민호와 연관된 도박판에서 3억2천만 원 정도의 현금을 잃었고, 장민호의 소개로 윤재식이라는 사채업자의 돈을 5천만 원 빌려 쓰게 되었다고 한다.

나는 그에게 그동안 장민호와 함께한 도박판에 대해, 기억나는 대로 자세히 그때의 상황을 얘기해보라고 하였다.

이수민이 한창수 그리고 그의 친구들과 도박을 하였을 때, 장민호는 게임은 하지 않았고 카드만 나누어 주었다고 한다.

그리고 장민호가 딜러를 본 게임에서는 거의 한창수가 번번이 큰돈을 따내곤 했고 자신이나 박중열, 이태현, 이 세 사람은 많은 돈을 잃곤 했다고 했다.

이수민 자신이 카드 도박을 좋아하여 장민호, 한창수 이 사람들을 만나기 전에도 자신의 친구들과 여러 번 카드를 해보았지만 자신의 카드 실력이 그렇게 서툴지는 않은 것 같은데 한창수, 장민호 등과 함께 카드 도박을 하면 거의 한번을 제대로 이겨보지 못하여 하도 이상해서, 한번은 자기 친구를 데리고 함께 가서 게임을 한 적이 있었다고 한다.

그때는 카드 기리가 살아났는지 게임에서 이겼는데 그 뒤로 장민호, 한창수가 자기들 게임 판에 모르는 사람을 데려왔다고 불평하면서 자기들 게임 판에는 모르는 사람을 데리고 오지 말라고 해서, 그 후로 이 카드 판에 모르는 사람이 온 경우는 자기가 유일했고 나머지는 자기들 5명만이 그동안 함께 어울렸다고 했다.

더 이상 들어보나 마나 한 뻔한 얘기였다. 장민호가 한창수와 짜고서 이수민, 그리고 친구인 박중열, 이태현 이 세 사람의 돈을 따낸 것이 틀림없었다.

"그럼 윤재식이란 사채업자는 어떻게 왔고 그 사람 돈을 어떻게 해서 쓰게 되었는데…?"

이수민은 계속되는 도박으로 공사비까지 손을 댔고, 공사비와 인건비 등을 지불하지 못하여 공사중단과 법원의 압류로까지 이어지게 되었다고 한다.

인건비와 공사비마저도 잃어 도박자금이 없어지자, 결국에는 장민호의 소개로 사채업자인 윤재식을 소개받아 그에게서 5천만 원을 빚져서 지금껏 도망 다니고 있다고 했다.

그동안 사채업자 윤재식은 건달들을 동원하여, 이수민의 부모님과 함께 사는 아파트에 찾아와 온갖 협박과 폭언으로 가족들을 공포로 몰아넣었고, 심지어 집안에까지 들어와 행패를 부렸다고 한다.

가족들의 공포와 피해는 말로 표현하지 못할 정도였고, 가족들이 집 밖으로 나가는 걸 두려워해 한동안 애들이 유치원에도 다니지 못했다고 한다.

그동안 파출소에도 여러 번 신고했으나, 돈 문제가 걸린 민사여서 큰 제재는 못 하고 어떻게 해결 방법이 없었다고 했다.

그래서 집으로 찾아오는 사람 목소리만 들어도 혈색이 창백해지고 온몸이 두려움에 떨린다고 했다.

"한창수의 친구들인 박중열, 이태현 등은 돈을 얼마나 잃었다고 해?"

"그 사람들과는 도박판과 술자리 몇 번 한 것 외에는 그다지 친하지 않아 잘 모르겠지만 그들도 보통 게임 때마다 몇 백씩은 잃었으니, 아마 모르긴 해도 수천만 원씩은 잃었을 겁니다."

그 뒤로는 그 사람들과 만나보질 못했어요."

"수민이, 지금 잘 생각해봐!

그동안 장민호, 한창수 등과 어울려 카드 도박을 하면서 이상하게 여긴 점이나 달리 이상하게 느낀 점은 없었는가?"

"지금껏 그들과 카드게임을 하면서 이렇게까지 큰돈을 잃은 것은 저의 욕심이 컸습니다.

무리한 베팅에다, 이따금 조금 돈을 따게 되면 그 자리에서 그만두어야 했는데 끝까지 하다가 결국은 번번이 돈을 다 잃고서야 자리에서 일어나고 했어요.

무엇보다도 제가 도박을 하였어도 적당히 하고 자제를 해야 했는데 지금 생각해보니. 후회됩니다."

"허~ 허~.

그들과 1년 넘도록 도박을 하여 그런 큰돈을 잃고서도 아직 꿈을 못 깨다니…."

정말 한숨과 함께 안타까움이 흘러나왔다.

사기꾼들의 속임에 빠져들어 당하지 않으면, 단시일 내에 그렇게 큰돈을 그리고 그의 말대로 번번이 제대로 한번 이겨보지 못하고 게임에서 지는, 그러한 일은 절대 있을 수가 없다.

이수민.

아직도 그는 자신이 사기도박꾼들의 사기도박에 당하여 지금의 이 처지까지 이르게 된 줄은 모르고 자신의 잘못으로, 자신의 도박 운이 따라주지 않아서 큰돈을 잃게 되었다고 자책하고 있었다.

앞날이 유망했던 젊은이가 한때의 도박유혹에 빠져 사기꾼들에게 걸려들어 가진 재산을 거의 잃어버리고, 소중한 가정까지도 흔들리는 지경까지 왔지만 아직도 그는 착각에서 벗어나지 못하고 있었다.

이런 사람들은 기회가 오면 또 돈이 생기면 다시 도박의 늪에 빠져들어 같은 실수를 반복할 것이 분명하다.

'사기에 당하면 결코 일어설 수 없다.

사기도박에서는 절대 이길 수 없다.'

그것을 방지하기 위해서라도, 사실을 얘기해주고 깨우쳐주어서 다시금 그러한 수렁에 빠지지 않도록 해주어야 한다.

"수민이! 자네는 나보다도 한참 나이가 어리니 지금부터 내가 자네를 막내 동생처럼 생각해서 자네에게 이 모든 상황에 대해서 설명을 해주고, 그러고 나서 자네에게 닥친 문제를 해결할 방법을 함께 모색할 테니 잘 들어보라고.

지금껏 자네는 장민호와 한창수에게 속았네!

그들은 사기꾼들이야!

그동안 자네를 만나 사기도박으로 자네와 한창수 친구들의 돈을 따내고, 자네를 이 지경으로까지 만들어 놓았어."

"뭐라고요? 설마 그럴 리가요?"

"나 역시 자네와 함께 카드게임을 했을 때 그들과 짜고서 자네를 속였네.

나도 어찌 보면 그들과 한 패거리지만 어제 자네 집을 찾아가 자네 집사람을 본 순간, 이것은 아니다 싶은 생각이 들어 자네에게 사실을 얘기해주고 자넬 도와줄 방법을 찾아주기로 마음먹었어!

그래서 내가 이렇게 자넬 만나려 한 것이야.

우선 자네에게 조금이나마 피해를 끼친 점 진심으로 사과드리네!"

"…"

내 얘기를 들은 그는 할 말을 잃었는지 아직 무슨 뜻인지 이해를 못 하는지, 아무 말 없이 다시 차창 밖을 바라보며 담배를 피워댔다.

한참 동안 우리 둘은 각기 다른 방향으로 차창 밖을 쳐다보며 말이 없었다.

"어이, 수민이! 내 말을 이해 못 하겠나?"

"…"

"자네가 쉽사리 사기당한 것을 믿지 못하겠지만 그것은 사실이야.

그들에게 가담하여 자네에게 직접 사기도박을 했던 내가 자네 앞에서 시인하고, 사과하고 있지 않나?"

"나쁜 새끼들!

당장 저놈들을 사기죄로 경찰에 고발하겠습니다.

그리고 그동안 저놈들에게 사기당해 잃은 제 돈을 되찾아야겠습니다."

"무엇으로 경찰서에 가서 사기당했다고 고발하려 하는가?"

"신 사장님의 증언이 있지 않습니까?"

"내가 자네를 위해서 당연히 증언해줄 수는 있지만 그들이 부인하면 자네에게는 아무런 물증이 없으므로 내 증언만 가지고는 아무 소용이 없어!"

"그럼 그놈들에게 사기를 당해 제가 지금 이 지경까지 되었는데도 증거가 없다고 이대로 당하고만 있으란 말입니까?"

나는 잠시 침묵을 지키다 말했다.

"흥분하지 말고 가만히 있어 봐!

이 일은 자네가 흥분한다고 해결될 일이 아니야.

그러니까 방법을 찾아보자는 말일세, 내가 최대한 도와줄 테니까. 그리고 윤대식에게 빌린 5천만 원은 자네가 직접 현금차용증을 써주고 돈을 빌린 것이니 저놈들에게는 법적으로 아무런 문제가 없고.

그러니 차분하게 냉정히 생각해보자고!

저놈들에게 잃어버린 돈은 그때 현장에서 증거를 잡았으면 사기당하여 잃은 돈 전부를 되찾고도 남았을 텐데 지금은 증거가 없어서 자네가 잃어버린 돈은 찾을 수 없으니 단념하고 문제는, 현재 저놈들에게 빚진 돈 5천만 원을 갚지 않아도 될 방법을 찾는 게 우선이야!

그리고 자네가 잃은 돈 전부는 못 찾더라도 조금이라도 보상받을 수 있으면 말할 나위 없이 좋고."

한참을 생각하던 이수민이 말했다.
"저의 외삼촌이 지금 ○○도경에 근무하고 계십니다. 외삼촌을 찾아뵙고 사정 얘기를 해봐야겠습니다.

그러니 저들이 어떻게 사기도박을 했는지 얘기해 주십시오.

또한, 그들이 저에게 했던 사기 방법에 대해 좀 자세히 가르쳐 주십시오."

"그들은 자네에게 스테키, 즉 손장난으로 트리플 카드를 만들어 주는 기술과 카드 뒷면을 알아볼 수 있게 표시된 목 카드를 이용했어.

장 사장이 카드를 나눠줄 때, 샤프질을 하면서 한창수나 나에게는 똘(트리플)을 만들어주고 자네나 한창수 친구들에게는 A 원 페어나 K 원 페어 등 높은 페어를 주어 싸움이 되게 만들었지.

그리고 목 카드는 여러 가지 종류가 있으니 여길 봐."

나는 차에 가지고 있던 목 카드를 꺼내어 그에게 보여주었다.

"자네가 지금 들고 있는 카드가 클로버 8 카드 맞지?

이 카드는 하트 6이고 이건 다이아몬드 9 카드."

이수민은 깜짝 놀랐다.

"어떻게 알 수가 있습니까?"

나는 카드 뒷면을 가리켰다.

"여기 이걸 보라고, 이렇게 카드가 표시되어 있어!

카드숫자는 여기에 1부터~K까지 순서대로 표시되어 있고, 카드 무늬는 이쪽으로부터 스페이드~클로버 순으로 표시되어 있어."

카드를 손에 들고서 이리저리 살펴보았지만 이수민은 아무리 살펴봐도 잘 모르는 듯한 모양이었다.

이수민이 답답해하며 말했다.

"안 보입니다. 가르쳐 주셨는데, 저는 아무리 살펴봐도 안 보입니다. 모르겠네요"

그때 문득 내 머릿속에 좋은 생각이 떠올랐다.

"어이 수민이! 자네 노름 빚 5천만 원 갚지 않아도 될 방법이 생각났어!

어쩌면 그동안 자네가 잃은 돈 가운데에 조금이라도 보상을 받을 수도 있을지도 모르겠고. 자네 외삼촌이 지금 ○○도경에 근무하신다고 했지?

그럼 내가 이 카드를 줄 테니까 이 표시된 목 카드는 사기도박의 물증이 되므로 자네가 증거물로 가지고 있어."

그리고 그동안 그가 그들과 도박을 하면서 한 번도 돈을 따보지 못하고 번번이 매번 큰돈을 잃어 수상히 생각해서, 그때 그들과 게임을 할 때 사용하던 카드를, 그들 몰래 빼돌려 확인 한 번 해보려고 보관하고 있었던 것이라고 주장하기로 했다.

"내일 장민호와 만나자고 전화하라고."

"내일 그놈들 전부 나오라고 할까요?"

"장민호에게 전화해서 장민호 혼자만 만나면 될 것 같네!

그리고 지금 내가 얘기한 대로, 그에게 자네 외삼촌이 ○○도경에 근무하고 있어서 외삼촌께 이 문제에 관해 얘기했더니 외삼촌이 ○○ 경찰서 수사과 아는 분께 전화했다. 아마 그쪽에서 곧 소환하여 당신들을 조사할 것이다.

그때 내가 당신들하고 도박하면서 당신들이 나에게 사기도박 하는 데 사용했던 카드를, 그동안 내가 몰래 빼내어 보관하고 있었는데 그때 사기도박의 증거로 내놓겠다.

하지만 당신들과 함께 도박한 나에게도 잘못이 있으니, 당신들이 나에게 사기를 쳐서 따낸 내 돈만 돌려준다면 없었던 일로 좋게 해결하겠으나 만약에 당신들이 그렇게 못하겠다면 나 스스로 도박죄로 처벌이나 벌금 물 각오로 작정하고 당신들을 사기 도박죄로 고발하겠다.

그리고 한 사장 친구들에게도 이 사기도박의 사실을 알리겠다….

이렇게 협박하라고."

며칠 후 이수민으로부터 전화가 걸려왔다.

사건이 만족스럽지는 못했지만 잘 해결되어 고맙다고. 윤재식으로부터의 도박 빚 5천만 원은 없는 것으로 하였지만, 그들은 사기도박을 시인하지 않고 끝까지 오리발을 내밀었다 한다.

하지만 한창수 친구들에게 알리겠다는 위협으로 5천만 원을 받아냈고, 그 돈으로 도피생활을 하던 그는 조그만 가게를 차려 가족들이 곤란한 처지에서 벗어나게 하였다고 한다.

지금은 그와의 연락은 끊겼다.

쓰라린 경험을 하였으니 아마 도박이라면 그는 두 손을 저으리라 생각한다.

그의 하는 일이 잘되어서, 한때 피폐해지고 공포에 떨었던 그의 가정을 다시 소중하고 행복하게 잘 가꿔 나갔으면 하는 바람이다.

영광
임 사장

임우식 사장이라고 영광 지역을 기반으로 토목공사를 하는 건설
업자가 있었다.

그는 장민호의 꼬임에 빠져 몇 억 원의 큰돈을 도박판에서 잃은
사람이었다.

그가 장민호와 어떻게 알게 되었는지 모르겠으나, 내가 그를 알
게 된 것은 장민호를 통해서이다.

사기꾼에게 엮여서 귀중한 재산을 탕진한 그에게 안타까운 동정
심은 들었으나, 그와 연관되었던 당시 그의 생활태도나 그의 정신
상태는 정상적인 범위를 벗어나 한마디로 못돼먹은 망나니였다.

그보다 한참이나 나이가 어렸던 그의 아내는 그 당시 어린 젖먹

이를 등에 업고서 식당일을 해가며 한 푼이라도 집안에 보태려고 온갖 갖은 고생을 마다치 않고 했으나, 한 집안의 가장이라는 임우식은 도박과 여자에 빠져 사업하면서 벌어들였던 꽤 많았던 재산을 탕진했다.

그리고 그것도 모자라 주위의 돈까지 끌어들여 밤낮으로 도박판에 빠져서 쫓아다녔고, 유부녀를 포함한 몇몇 다른 여자와 살림까지도 차리고 살았던 아주 행실이 난잡한 도박 중독자였다.

정확한 날짜는 기억이 나지 않는다.
2009년 10월 중순쯤이었다.

"임 사장님, 어디십니까? 아~ 그러세요?
지금 우리는 ○○ 공단 내에서 일을 좀 보고 있습니다."
당시 순천 지역에 큰 토목공사가 있었는데, 사업장 소재지가 영광지역이었던 임우식이 순천 지역의 토목공사를 따내려고 시도하고 있을 때였다.

그를 작업할 무렵, 장민호는 지역 부동산개발업자로 행세했고 나는 ○○공단에서 근무하는 공단직원 행세를 했다.
"그럼 한 시간 후에 ○○ 지역에서 만나 뵙죠.
그때 오시면 전화 주세요!"
"어이 신 사장! 임 사장이 지금 광주에서 일을 끝내고 순천으로 출발했다고 하니 1시간 후쯤이면 도착할 거야. 순천역 앞에서 만나기로 했으니 차 한잔 마시고 천천히 출발해보세."

우리는 서서히 차를 몰아 순천으로 향했다.

오후 5시쯤 순천에 도착했을 때 장민호의 휴대폰 벨이 울렸다.

"예! 순천에 도착했습니다. 지금 역 앞에 있습니다.

그럼~ 역 앞 광장에서 기다릴게요."

이윽고 임 사장이, 일행 한 사람과 함께 우리 쪽으로 다가오는 게 보였다.

임 사장이 먼저 인사했다.

"오래 기다리셨습니까. 장 사장님?

어이구 과장님도 안녕하세요? 오랜만입니다.

이분은 저와 오랫동안 사업을 같이한 일성전기 김두일 사장입니다."

장민호도 인사했다.

"안녕하십니까? 김 사장님! 장민호입니다.

이분은 H그룹 OO공장 신대현 과장님이십니다.

임 사장님! 식사는 하셨습니까?"

임 사장이 답했다.

"식사는 아직 시간이 이르니….

게임부터 우선 한판하고 나서 하시지요.

장 사장님 어디로 갈까요?"

도박에 빠져있던 임우식은 무엇보다도 노름이 우선이었다.

식사도 거를 만큼 당시 도박에 몸이 달아 있었다.

장민호가 느긋하게 말했다.

"허~어. 임 사장님도 뭘 그렇게 서두르십니까?

급한 성격은 여전하시네.

그러면 가까운데 저기 보이는 모텔로 가십시다.

제가 가서 방을 잡을 테니 음료수, 담배 그리고 카드 좀 사서 오십시오."

역 앞의 한 모텔방이었다.

"방이 꽤 넓고 조용하니 좋군요."

"예, 저는 먼저 샤워부터 빨리해야겠습니다."

"그러세요, 저희는 차나 한 잔씩 마시고 있겠습니다."

담배와 음료수를 꺼내는 척하면서 나는 카드를 몰래 바꿔치기 했다.

게임은 바둑이게임을 하였다.

바둑이 게임은 카드 4장으로 하는 게임인데 세 번을 받으면서(아침, 낮, 저녁) 그때마다 카드를 바꿀 수 있고, 또한 레이스를 한다.

카드 4장 모두가 무늬와 숫자가 틀려야 맞추는 것이고(이때 맞추면 스틱이라고 말한다) 맞춘 카드 숫자가 낮을수록 상대를 이긴다.

맞추지 못할 때는 3장으로 비교하여 숫자가 낮을수록 이긴다.
(베이스 싸움이라고 한다. 이때도 카드 3장 모두 숫자, 무늬가 달라야 한다)

네 사람은 각자 200만 원씩 앞에 놓고서 게임을 시작하였다.

지리산 실화소설

마지막인 저녁때이다.

"카드 커트 하세요!"

임 사장이 외쳤다.

"땁(원 카드, 즉 카드 1장 바꾼다는 뜻)."

장민호도 외쳤다.

"투카(두 장의 카드를 바꾼다는 뜻)."

나도 외쳤다.

김 사장은 땁을 불렀다.

"저녁, 레이스 하세요"

임 사장이 레이스 했다.

"레이스 30만."

장민호는 죽었다.

"다이."

나는 받았다.

"콜입니다."

김 사장도 죽었다.

"다이."

시작한 지 1시간이 채 못 되어, 임우식과 그리고 함께 온 김 사장 두 사람은 테이블 위에 올려놓았던 돈을 다 잃고서, 다시 200~300만 원씩 꺼내 놓았다.

임우식은 도박을 많이 해보아서 그런지 배짱이 좋았다!

높은 숫자로 맞추어도 베팅금액이 컸다.

바둑이 카드는 낮은 숫자의 카드가 이긴다.

그러므로 높은 숫자의 카드로 맞으면 불리하다.

하지만 비록 높은 숫자로 맞았어도 카드가 전혀 보이지 않으므로, 큰 금액을 베팅하면 쉽사리 콜을 하지 못하는 것이다.

맞추었는지? 아니면 못 맞추고도 베팅하는지?

맞추었어도 높은 숫자로 맞췄는지?

낮은 숫자로 맞췄는지?

모르니까 바둑이 게임은 세븐카드보다도 거짓인 꽁카가 심하다.

임우식이 스페이드 Q(♠Q)로 메이드 되어, 스틱을 불렀다.

나도 하트 10(♡10)으로 메이드 되어 스틱을 외쳤다.

그러나 임 사장은 마지막 저녁 레이스 때 100만 원을 베팅했다.

나는 임우식의 카드 뒷면을 볼 수 있어서, 임 사장이 높은 영어 카드(Q)로 맞춘 것을 알고서 10 카드로…. 100만 원을 콜할 수 있었다.

목 카드가 아니어서 임 사장의 카드를 볼 수 없으면 나는, 아니 보통사람 누구라도 10이나 되는 높은 숫자로 맞추어서는 100만 원은 거의 콜을 하지 못한다.

"임 사장님! 저는 10으로 높이 맞췄습니다.

잘 맞추었으면 드세요."

내가 콜을 한순간 임우식의 얼굴이 일그러지며 말했다.

"과장님 드십시오. 이기셨습니다."

임우식을 따라온 김두일 사장이라는 사람은, 정말로 속칭 호구였다.

카드게임 자체도 서툴렀고, 임우식과 마찬가지로 어떻게 사기를 당하고 있는지, 전혀 눈치 채지 못했다.

우리는 임우식과 김 사장의 카드를 훤히 알고서 게임을 하였다.

더군다나 장민호의 손장난인 스테키 기술을 쓸 필요도 없었다.

임우식이 1,000만 원 정도, 김 사장은 1,500만 원 정도의 현금을 잃었다.

밤 11시쯤 판이 끝나고 우리는 근처의 가까운 술집으로 향했다.

임 사장이 말했다.

"오늘은 저희 두 사람이, 먼 지역의 두 분에게 졌습니다.

장 사장님! 오늘 많이 따셨는데, 2차까지 책임지세요."

장민호가 흔쾌히 말했다.

"그렇게 하지요.

오늘 임 사장님이 게임에서 이길 수 있었는데, 신 과장님께 꽁카(거짓카드)를 친 것이 결정타였던 것 같아요.

그 이후로 임 사장님 카드 끗발이 사라져 버린 것 같아요. 허~허~.

김 사장님은 오늘 너무 카드가 안 되시던데, 다음번엔 돈 좀 따십시오. 오늘은 죄송합니다."

임 사장은 고개를 저었다.

"다음번이 아니고, 오늘 술 한잔 마시고 내일 바로 2차전 한 번
더 합시다.

우리는 오늘 집에 안 가고 여기서 모텔 방 얻어 잠을 자고 내일
○○에서 일을 봐야 합니다."

임우식이 너무 여자를 밝혀서, 그의 기분을 맞춰주기 위해 2차
외박비까지 술값과 함께 500여만 원이 지출되었다.

어차피 그들의 돈으로 쓴 것이므로 상관없지만, 평소 임우식은
술과 여자 문제로 낭비가 너무 심했다.

거기에 도박에까지 빠져 들어있는 상태였다.

이날 2,500만 원의 수입에서 경비로 500만 정도 나가고 2,000여
만 원 정도 남았다.

임 사장의 성격상 내일 아침 은행 ATM 서비스가 시작되자마자
일찍 돈을 찾아 연락이 올 것이므로, 장민호와 나는 함께 밤을 보
내어 시간을 절약하기로 했다.

아니나 다를까, 다음날 오전 10시경 임우식으로부터 일찍이 전
화가 왔다.

"일어나셨습니까? 함께 식사나 하시지요."

"예, ○○에서 음식 시켜놓고 기다리겠습니다."

우리는 서둘러 준비를 하고 나섰다.

OO에 내려와 식당에서 함께 식사하고 네 사람은 부근의 모텔로 향했다.

임우식의 서류가방에는 은행에서 찾아온 듯한 100만 원 돈 다발 10여 묶음과 100만 원 짜리 수표로 10장 2,000여만 원의 돈이 있었다.

김두일 사장도 윗도리의 주머니 안에서 수표와 현금으로 1,000만 원의 돈을 내어놓았다.

임우식이 시작하자마자 기선 제압하듯 호기롭게 외쳤다.

"오늘은 배팅을 조금 거칠게 하겠습니다!

레이스 50만!"

장민호가 받았다.

"임 사장님! 어제 좀 잃으셨다고 초반부터 무리하게 하시는 것 아닙니까?

50만 원까지는 따라가겠습니다. 콜입니다!"

"카드 따세요!"

"스~틱."

"땁 주세요."

바둑이카드가 맞지도 않았지만, 임우식은 스틱을 해놓고서 배팅을 크게 하였다.

장민호가 임우식의 카드 뒷면을 보니 무늬가 같은 카드가 보였다.

카드 4장 중에 무늬가 같은 카드가 있다는 말은 바둑이 게임에서 카드가 맞지 않았다는 말이다.

즉 꽁카이다.

임우식이 맞지도 않고서. 스틱을 했다는 말이다.

장민호는 카드 한 장을 따서, 8로 맞추었다.

"마지막 저녁 레이스 하세요!"

"레이스 200만!"

"할 수 없이 8로 맞아 콜입니다.

지더라도 콜입니다. 제 카드를 이기시면 드세요."

정상적인 바둑이게임이라면, 아무리 8로 맞추었다 하여도 200만 원의 레이스에 선뜻 200만 원을 콜 하기가 쉽지 않다.

거의 콜을 못 한다. 하지만 장민호는 목 카드를 이용하여 상대방 카드를 알고 있었으므로 할 수 없이 콜 한다는 식으로 상대의 돈을 우려내고 있었다.

장민호의 "콜."에 임우식의 표정이 굳어지며 카드를 던졌다.

"레이스… 콜, 레이스… 콜."

3시간 정도 지나자 사기당한 줄도 모른 채 결국 두 사람의 호구들은 이번에도 자신의 무리한 베팅과 카드 패가 제대로 떠주질 않아 돈을 잃은 것처럼 자책을 하고서, 허탈감 속에서 또다시 자리를 털고 일어서야 했다.

임우식이 말했다.

"장 사장님! 토목공사 입찰관계로 지금 사무실에 가 봐야 하니 당장은 시간이 없고 일 끝나고 저녁때 다시 뵙시다!"

장민호가 답했다.

"예, 그러십시오. 그러면 김 사장님.

어제 과음하신 속풀이나 하게 가까운 바닷가 횟집에 가서 생선회나 매운탕 드시러 함께 가십시다.

과장님도 같이 가시지요, 시간 어떠십니까?"

나는 거절했다.

"저는 오늘 회사엔 출근하지 않지만 집에 들러야 할 일이 있어서 먼저 일어서렵니다.

두 분은 식사하시고 오십시오.

그럼 또 연락하십시오!"

나의 집에 간다는 말에 김두일 사장도 다음에 식사하기로 하고 헤어졌다.

이틀 동안, 두 사람으로부터 경비를 제외하더라도 5,000여만 원의 돈을 빼냈다.

적잖은 돈이다.

아무리 사업이 잘되고 돈 많은 사람일지라도, 하루 이틀 사이에 몇 천만 원의 큰돈을 잃게 되면 어디엔가 무리가 가지 않을 수가 없다.

여러분도 도박판에서 몇 십만, 몇 백만 원 잃은 것을 혹 가볍게 여길 수도 있지만 그것은 큰 오산일 것이다.

그 돈은 소중하고도 귀중한 당신의 재산이다.

그 이후로 임우식과의 도박게임은 그의 사무실이 있는 영광에서 3번, 광주 부근에서 5~6번 정도 하여 임우식 사장은 우리에게 2억이 넘는 돈을 잃었다.

하지만 그는 다른 곳에서도 계속 도박을 하여, 많은 돈을 도박판에 날렸다고 한다.

그런 소문을 듣지 않아도, 임우식 그의 성품으로 보아 그리하고도 남았을 사람이다.

그의 가족과 주변 사람들이 그로 인하여 큰 고통에 빠졌을 게 분명했다.

도박에 빠져들어서 그 도박의 해악성을 심각히 깨닫지 못한다면 누구든지 결국은 파멸의 길로 들어서게 된다.

마약중독과 같이 도박도 중독이다, 그 피해는 심각하다.

사회나 국가에서도 이런 도박의 위험성과 그 피해의 심각성을 바로 직시하여, 상습도박꾼이나 사기꾼들을 처벌해야 하고 그 처벌도 가벼운 죄가 아닌 무거운 죄로 다스려야 한다고 생각한다.

아울러 범사회적 차원에서 도박의 심각성을 알리고, 이 사회로부터 도박을 없애고 경각심을 일깨워야 한다고 생각한다.

또한, 도박에 빠진 중독자들의 치료와 예방에도 더 큰 관심을 두어야 한다.

우리 주변을 잠시 둘러보자!

아는 사람들끼리 잠깐의 여흥을 위해 시간을 때우기 위해 치던 고스톱.

오래 하고, 큰돈이 오가게 되면 게임을 넘어서 결국은 도박이 된다.

이곳저곳 어디에서나 우리 주변에 도박이 파고들지 않은 곳이 없을 것으로 생각한다.

그리하여 지금 이 시간에도 많은 사기꾼들이 사냥감을 향해 유혹의 손길을 뻗치고, 선량한 사람들을 도박의 수렁으로 몰아 파멸의 길에 빠트리고 그들로부터 돈을 갈취해 내고 있을 것이다.

도박현장을 보는 대로 해당 관서에 신고하여 이러한 도박을 근절하도록 해야 한다.

그러나 그 무엇보다도 중요한 것은 자기 자신이 도박의 유혹에서 벗어나는 것이다.

도박의 위험성과 심각성을 깨닫고 도박과의 연줄을 아예 끊어야 한다!

하다못해 최소한 이 글을 읽어본 사람들만이라도 사기도박의 실상과 행태를 잘 깨닫고서 사기도박을 당하여 낭패를 겪지 말고, 또한 도박의 유혹에서 벗어나야 한다.

그렇게 되기를 간절히 바랄 뿐이다.

지리산 실화소설

친구
사무실

학창시절 친하게 지냈던 친구가 있었다.

지금은 그와 연락이 끊겨서 어디서 어떻게 지내는지 알 수가 없지만 이 친구가 한때 사무실을 얻어서 그의 사무실에 친구들 선후배들 그의 지인들이 몰려들어 수년간 하우스처럼 운영되었다.

한마디로 이 친구는 주변 사람들을 끌어 모아 수년 동안 자신의 생활비와 용돈을 벌어왔던 친구였다.

그가 매달 벌어들였던 수입은 웬만한 월급쟁이를 능가했었다.

도박이 매일 벌어지는 것은 아니었지만 한 달 평균으로 치면 당시 한 달 수입이 600~700만 원 정도, 연봉으로 7,000~8,000만 원 정도를 벌었다.

사무실 주인이었던 그 친구는 평소에는 사람들이 도박하는 데로 놔두고서 사무실비, 청소비 등의 돈만 챙겼지만 큰 판이 벌어지면 누군가와 짜고서 들러리 역할 바람잡이 역할, 모집책 역할 등을 하였다.

밤늦도록 며칠씩 게임을 하여 큰돈이 오갈 때 거의 다 누군가와 짜고서 그 친구가 상황을 마무리하곤 했다.

한 번도 그의 사무실에 가보지 않았고 소문만 들었던 나는 2009년 8월경에 우연한 기회로 그의 사무실에 들릴 기회가 있었다.

그날 동창회 모임에서 만난 친구들과 식사와 술 한잔씩을 걸친 나는 몇몇 친구들에 이끌려 그의 사무실로 가게 되었다.

학교졸업 후 처음 만난 친구도 있었고 몇 년 만에 만난 친구, 선후배도 있었다.

모처럼 만난 친구와 선후배들끼리 사무실 안에서 술자리가 벌어지고 있었지만 사무실 한쪽에선 카드 도박이 벌어지고 있었다.

도박에 대해 관심이 많았던 나는 잠시 후에 그곳으로 자리를 옮겨 앉았다.

"영수, 오랜만이네!"

"그래 민철이, 그동안 잘 지냈는가?"

이곳에서 게임을 하고 있는 사람들은 모두 내가 잘 알고 있는 친구나 선후배들이었다.

그들은 속칭 '바둑이'라는 카드게임을 하고 있었다.

앞에서도 이야기했지만 바둑이 카드게임은 게임 시작할 때 카드 4장을 받아서 아침 점심 저녁 3번 동안 자신이 받은 카드를 바꿔서 카드 4장이 서로 무늬와 숫자가 달라야 메이드가 되어 이기는 게임이다.

메이드가 되면 〈스틱〉이라고 하는데 이때 상대도 메이드면 메이드 된 숫자가 낮은 쪽이 이기는 게임이다.

예를 들어 카드 4장이 ♥1 ♠3 ♣6 ◆9로 메이드 된 경우와 ◆2 ♣5 ♠4 ♥8로 메이드 된 경우 이때엔 ♥8이 ◆9보다 낮은 숫자이므로 ◆2 ♣5 ♠4 ♥8로 메이드 된 카드가 이긴다.

이때 끝 숫자 크기가 같으면 그 다음 숫자를 비교하여 낮은 쪽이 이긴다.

그리고 스틱(메이드) 되지 않았을 경우에는 나머지 3장 카드로 비교하여 그중 낮은 베이스 카드가 이긴다.

♠2 ♥3 ◆5보다 ♣1 ◆2 ♥4 카드가 베이스가 더 낮으므로 바둑이 게임에서는 이긴다.

5명이 바둑이게임을 하고 있었다.

(아침)
친구 A가 땁이라며, 카드 한 장을 바꿔달라고 카드를 잡아 나눠

주고 있는 일명 〈똥카〉에게 요구했고. 친구 B는 투카를 외치며 바꿀 카드 2장을 요구했다.

후배 1은 박스라며, 가지고 있는 카드 4장 모두를 바꾸겠다는 의미로서 카드 4장을 요구했다.

후배 2는 그 역시 2장의 바꿀 카드를 요청.

친구 C는 쓰리카를 외치고 3장의 카드를 요구했다

(점심)

보스(맨 먼저의 차례)인 친구 A의 점심레이스 뺑에 친구 B는 콜.

이때 후배 1이 레이스 합 2만이라고 하자 후배 2가 콜,

친구 C는 다이(카드를 덮고 죽었다는 뜻)를 외쳤다.

친구 A는 콜 했고, 친구 B 역시 죽을 수가 없었다.

(저녁)

점심때 레이스가 끝나고 마지막 한 번의 카드를 교환할 수 있는 시기인 저녁이 왔다.

역시 맨 먼저 차례인 보스, 친구 A가 스틱을 외치자 친구 B는 땁을, 후배 1은 스틱, 후배 2가 땁을 외쳤다.

이어 두 사람은 바둑이를 맞추었다는 의미인 스틱을 외쳤고 다른 두 사람은 카드 1장씩을 바꾸었다.

"레이스들 하세요!"

똥카가 외쳤다(게임 할 때 선수들이 카드를 교환하면서 필요 없는 카드를 버릴 때, 그 버린 카드를 모아주고, 판돈도 정리하면서 일종의 카드 딜러 역할을 하는

사람을 바둑이 게임에서는 똥카라고 말한다).

　친구 A의 삥 소리에 친구 B가 레이스 10만을 외친다. 1, 2, 4 베이스에 저녁때 ♣5 카드가 와서 1, 2, 4, 5로 바둑이를 메이드 한 그가 레이스를 하였다.

　이때 후배 1이, 10만에 30만 더! 라고 레이스를 한다.

　후배 1은 1, 2, 3, 6으로 메이드 되었다.

　후배 2는 다이라고 하며 죽었고, 친구 A 역시 카드를 던지고 죽었다.

　친구 B가 잠시만 하면서, 30만 받고 80만 더! 라고 되레이스를 한다.

　이에 한참 생각을 하던 후배 1은 괜히 건드렸나? 하는 의구심을 가지면서도 6이라는 비교적 낮은 숫자로 맞추었으므로, 마지못해 하는 표정을 지으며 콜을 하였다.

　친구 B가 "콜이라고 ? 그럼 카드 펴봐.

　무엇으로 메이드 되었는지 보게."라고 말했다.

　후배 1는 "MBC 6입니다!"라고 대답했다.

　(속칭 123을 MBC라고 말한다)

　친구 B가 웃으며 말했다.

　"그래? 난 아슬아슬하게 1, 2, 4, 초로 맞았네(초는 숫자 5를 말한다, 화투에서 난초가 5이므로).

　미안하게 되었구면."

술자리에서 서로 술잔을 주고받으며 떠들던 친구들과 선·후배들이 하나둘씩 사무실을 떠나면서 사무실 안에는 사무실 주인인 친구와 나, 그리고 게임하는 사람들 5명, 똥카를 잡은 후배 1명만이 남았다.

"레이스. 콜…"

어느 정도 시간이 지나자, 술기운에 알딸딸해졌던 나는 술에서 깨어 정신이 들었다.

그리고 유심히 카드 판을 보니 친구 B의 행동이 약간 이상했다.

맞추기 카드게임인 바둑이 게임에서 그 친구는 카드를 유난히도 쉽사리 잘 맞추어내었다.

바둑이 카드게임에서는 카드가 자기가 원하는 대로 쉽게 잘 맞추어지지 않는다.

예를 들어 숫자는 같지만 무늬가 다른 ♥3과 ♣3이 자신의 손에 있을 때 둘 중 하나를 선택해서 버려야 하는데 내가 원하는 대로 쉽게 맞추어지지 않는다.

하지만 친구 B는 거의 다 맞추어냈다.

(카드선택을 잘해서 내버렸다는 뜻이다)

이 말은 즉 다음에 올 카드를 잘 알고 있다는 뜻이다.

이상한 느낌이 든 나는 사람들이 눈치채지 못하게 카드를 유심히 살펴보았다.

그러자 지금 테이블 위에서 게임을 하는 카드가 카드 뒷면에 약품으로 표시해놓은 표시카드, 즉 목 카드인 것을 알아냈다.

설마 하고 다시 살펴보았으나 표시되어있는 목 카드가 분명했다.

'허~ 이놈들이 어느 선까지 갔을까?'

나로선 궁금했다.

친구 B가 혼자서 사기도박을 하는지 누구와 짜고서 하는지?

카드는 어떻게 게임 판에 집어넣었는지가 궁금했다.

시간이 흐르고 친구 A와 후배들은 몇 번씩 밖으로 나가서 돈을 구해오거나 카드로 은행에서 현금을 찾아 내오곤 하였다.

판돈이 점차 커져 나갔다.

친구 B의 테이블 위에는 800~900만 원의 현금과 수표 등이 쌓였다.

"레이스. 레이스…. 콜."

새벽 4시가 지나서야 게임이 끝났다.

결국, 친구 B는 1,000만 원이 넘는 돈을 땄고 친구 C는 거의 본전치기, 친구 A와 후배 두 사람만 돈을 잃었다.

게임이 끝나고, 돈을 딴 친구 B를 따라나선 나는 그를 불러 세웠다.

"어이 친구! 나와 잠깐 얘기 좀 하세."

나와 친구인 B는 그 당시 자주 만나곤 하는 사이였다.

하지만 그가 친구 사무실에 가서 그런 작업을 하는 줄은 몰랐다.

"어이 자네 혼자서만 해먹은 것인가?

아니면 사무실 주인인 김준호도 알고 있는가?"

"응! 그 친구도 알고 있네.

나 혼자 어떻게 그 친구 사무실에서 그 친구 몰래 카드를 집어넣을 수가 있겠는가?"

"그럼 그 친구도 목 카드 볼 줄 아는가?"

"아니야. 그 친구는 목 카드 자체를 몰라.

나도 가르쳐 주지 않았고.

대신 그 친구가 자기 사무실에 카드를 넣어주고 사람들을 불러서 게임 판을 붙이면 내가 게임 판에 들어가 돈을 따내어 둘이 반반씩 나눠 쓰고 했지.

오늘은 자네가 알게 되었으니 자네에게는 담뱃값 따로 챙겨줄게."

"담뱃값은 그만두고, 그 대신 내일부터 나도 그 판에 들어가서 게임을 할 수 있도록 도와주게. 그리할 수 있겠지?

용돈 벌이 좀 하세!

나 요즘 노는 곳이 없어서 굶어 죽겠네…"

현장을 목격한 나의 요구를 그들은 무시할 수 없었다.

그리하여 사건이 터질 때까지 나는 그 친구 사무실에 거의 매일 다녔다.

표시된 목 카드를 게임 판에 들여놓고 바둑이게임을 하던 우리는 매일 많고 적은 돈을 땄다.

단지 4장의 카드를 맞추는 게임이므로 상대방의 카드가 무슨 카드인지도 알아보기가 훨씬 쉬웠고 그래서 상대방이 무슨 카드로 메이드 되었는지 또는 상대방이 카드를 맞추지도 않고서 꽁카를 치는지 아닌지를 거의 알아낼 수가 있었다.

물론 이기고 지는 것도 상황에 따라 우리 마음대로 완급을 조절할 수 있었다.

돈 따내기가 땅 짚고 헤엄치기였다.

게임 판이 끝나면 사무실을 나서서 사무실 밖에서 그 친구를 만나 그날 딴 돈을 서로 계산하여 얼마씩 분배를 하였다.

그렇게 몇 달 동안 그 친구 사무실에서 재미를 봐오던 가운데 사소한 문제로 인하여 결국은 사고가 터지고 말았다.

그날은 평소와 달리 친구 B와 나 그리고 후배 2명, 단 네 사람만이 바둑이게임을 하였는데, 게임을 하던 중 성필이란 후배가 1, 2, 8, 9로 카드를 맞추고 레이스를 하였다.

나는 1, 2, 4, 7로 맞추었고, 후배인 이종곤은 3, 4, 6, 9로 맞추었다.

그때 당시 처음부터 약간 돈을 잃고 있었던 B의 무리한 레이스로 인하여 사건이 터지고 말았는데….

후배 성필이 말했다.

"레이스 5만."

B도 따라갔다.

"레이스. 5만 받고 10만 더."

그 순간 두 사람 모두 9카드로 맞은 것을 알고 있었던 나는 내가 콜을 하면 이종곤이 올인 될 지경이 되겠기에 이종곤을 위해 일부러 카드를 덮고 죽어주었다.

그 순간 후배 성필이 나를 힐끗 쳐다보며 레이스를 하였다.

"레이스. 10만에 20만 더."

B도 받았다.

"레이스. 20만 받고 나머지 올인."

성필이 콜을 외쳤다.

"콜! 그런데 형님 올인 카드 펴보세요.

무엇으로 맞았나요?"

B가 카드를 보여주었다.

"3, 4, 6, 9로 맞았어!"

성필의 얼굴빛이 변했다.

"뭐라고요?

먼저 카드 엎은 ○○ 형님 카드 좀 봅시다."

짜증스러운 표정을 짓던 성필이 내 카드를 집어 들고서 카드를 보았다.

"형님 7로 맞춰놓고도 죽어요?

두 사람이 서로 짜고 레이스 하는 겁니까?

어떻게 9로 높게 맞은 B 형님이 올 인을 싣고 베이스도 좋게 1, 2, 4, 7로 맞은 형님이 카드를 덮습니까?

두 사람이 일부러 나를 죽이려고 샌드위치 배팅을 한 것이 아닙니까?

또 내 카드를 보고서 하는 것처럼 내가 높은 수 9로 레이스 하는데 종곤 형님이 9로 맞고서 어찌 올 인을 실을 수가 있습니까?

두 분이 내 카드를 보고 하는 것입니까?

이 카드 조사해 봐야겠습니다!"

짜증스럽게 화를 내던 후배 성필이란 녀석이 카드 몇 장을 집어 들고서 가위로 그 카드를 몇 장 절반으로 툭 잘라서 주머니에 넣고 밖으로 나가버렸다.

"어이 친구, 큰일 났네! 이 일을 어찌 수습하지?"

"으음 아직 조금 기다려보세.

저 녀석이 카드를 가지고 나갔지만 조사를 하지 못할 수도 있으니 카드 조사를 해오면, 그때 가서 대책을 세우자고."

"우리는 다른 곳으로 가서 기다리고 있을 테니 자네는 사무실에 있다가 무슨 일 나면 바로 연락을 하게!"

B와 나는 사무실 주인인 친구만 남겨두고 밖으로 나갔다.

식당에서 두 사람은 소주를 한잔씩 하면서 연락을 기다렸다. 1

시간이 채 못 되어 사무실 친구로부터 전화가 왔다.

"어이 큰일 났네! 그 카드가 표시된 목 카드라고 난리네. 지금 어딘가?"

"빨리 만나서 대책을 세우자고."

저녁 10시쯤 세 사람이 한자리에 모였다.

"어떻게 할까? 카드를 누가 집어넣었다고 하지?"

"내가 목 카드를 몰래 집어넣었다고 총대를 메겠네!

처음 자네 사무실에서 내가 카드 게임에서 여러 번 져서 많은 돈을 잃어버려 본전 좀 찾아보려고 목 카드를 집어넣었다는 핑계를 댈게."

사무실 주인인 친구와 B가 서로 상의한다.

"사무실 주인인 나는 절대 모르는 일로 해야 하네!

그러지 않으면 지금까지 해온 내 사무실에서의 게임을 모두 사기로 볼 수 있고 앞으로 사무실 문을 닫아야 할 처지가 되네."

"그럼 B가 총대 메고, 자네는 수습하게…. 나는 목 카드를 볼 줄 아니까 단지 목 카드를, 모른 척하고 이용만 했다고 할 테니."

내가 중간에 얘기했다.

"그러면 내가 일단 성필이를 만나서 그놈의 의중을 떠볼게.

자네들과 함께 만나자고 하는데. 자네들과 아직 전화 연락이 안 된다고 핑계를 댈 테니까!"

그날 후배 성필은 사무실 주인인 김준호와 만나 자초지종의 설명을 듣고서 요구사항을 전했다.

1. 두 사람이 시인서를 작성하여 본인에게 제출할 것
2. 합의금 조로 3,000만 원을 내놓을 것
3. 이 두 가지 요구조건을 3일 이내로 해준다면 이번 일을 불문에 부치고 다른 사람들에게는 비밀로 해주겠다.

하지만 결국 세 사람은 후배인 성필에게 합의금 3천만 원을 마련해주지 못하여 그날의 일은 주변의 친구들과 선후배들에게 알려지게 되었고 결국 친구 김준호는 사무실 문을 닫아야만 했다.

자동차
매매상

강영하라는 이는 중고자동차 매매로 큰돈을 만진 사람이었다.

그와의 인연 역시 장민호를 통해서였다.

도박을 좋아했던 그의 욕심과 복덕방같이 사람들이 붐벼서 틈만 나면 도박을 했던 그의 사무실 환경으로 인해 그의 매매사업은 도박과 깊숙한 연관을 맺게 되었다.

또한 그는 당시에 도박판을 찾아다니며 돈을 잃고서 급전이 필요해 매물로 내놓은 차량을 헐값에 인수해가곤 하였다.

2010년 2월 중순경.

따리리~.

"여보세요?"

장민호로부터 전화가 걸려왔다.

"신 사장, 지금 내 사무실로 올 수 있겠는가?"

"무슨 일 있어? 음, 알았어."

"올 때 공단 작업복장으로 갈아입고 오시게."

30여 분 후, 장민호 사무실에서 우리는 만났다.

"조금 있으면 강영하라고 중고자동차 매매업을 하는 녀석이 올 거네!

이 녀석이 워낙 도박을 좋아해서 내 사무실로 유인해 놓았어.

며칠 전 내가 강 사장에게 자네 얘기를 했네.

공단에 다니는 과장님인데 지금 타고 다니는 승용차가 오래되어서 적당한 차를 물색하고 있다고.

그래서 자네를 소개해준다고 내 사무실로 오라고 해놓았어.

오늘 바로 차 매매계약을 하라는 게 아니라 자네가 적당한 구실을 대어 이른 시일 내에 타고 다니는 차를 바꾸겠다고 저 녀석을 슬슬 구슬리라고.

그리고 백 사장도 이곳으로 올 거야.

백 사장에겐 이미 자세한 얘기를 해놨어."

"그럼 백 사장도 대충 내막을 알고 있겠군!"

"조금 있다가 강영하와 바로 세븐카드 게임 한판 시작할 거야. 200만 원 출 하기로 했으니 그는 최소한 5~600만 원은 가지고 올 거네.

아 참! 기쁨 은행 김 차장이라고 역시 카드게임에 환장하는 녀석이 있어.

그자에게도 카드게임 하게 사무실로 오라고 전화했어.

자네는 모르는 사람들이지?"

"기쁨 은행 김 차장은 알아!

전번 자네 사무실에서 함께 차 한잔했잖아?

그때 자네가 기쁨 은행 부지점장이라고 소개했어."

장민호가 돈을 건넸다.

"여기 돈 200만 원 있네!

자네, 백 사장, 강영하, 김 차장 네 사람이 카드게임하고 난 사람이 많다는 핑계로 딜러를 보겠네.

절대 꽁카 치지 말고, 내 신호를 잘 보고 든든히 게임하라고!"

담배 한 대를 피워 물고 있으니 잠시 후 강영하가 사무실로 들어왔다.

"안녕하십니까, 장 사장님?"

"강 사장님! 어서 오세요. 이분은 전에 말씀드렸던 ○○공단 명진 회사에 다니는 신대현 과장님이십니다.

서로들 인사하세요."

"안녕하십니까? 과장님.

처음 뵙겠습니다. 강영하라고 합니다.

신성 자동차 매매사무소를 운영하고 있습니다.

제 명함입니다. 연락 주십시오."

"신○○ 과장이라고 합니다. 자동차 매매업을 하신다는데 좋은 차 나온 것 있으면 소개 좀 해주세요."

"그러시면 새로 나온 메디나차, 출고된 지 두 달밖에 안 된 차가 있는데 아주 새 차나 마찬가지입니다.

그 차 상태가 매우 좋아서 탐내는 사람들이 많아요.

과장님이 사신다면 좋은 가격에 드리겠습니다."

두 사람의 대화에 사무실 주인인 장민호가 끼어든다.

"과장님! 시간 나시면 세븐카드 게임 한번 하시겠습니까?

오늘 저의 사무실에서 몇 분이 함께 카드게임 하기로 했습니다."

장민호가 슬쩍 부추겼다.

"제 카드 실력이 약한데. 얼마씩 놓고 하십니까?"

"강 사장님! 얼마 줄 할까요?"

"처음에 200만 원씩 놓고 시작합시다.

과장님! 시간 나시면 같이 카드게임 한번 하시지요?"

이때 백 사장과 김 차장이 함께 사무실로 들어섰다.

"장 사장님 안녕하십니까?

기쁨 은행에 볼일이 있어 들렀더니만 김 차장님이 오늘 장 사장님 사무실에서 모이기로 했다고, 같이 가자고 해서 이렇게 오게 되었습니다."

장민호가 반기는 척하면서 안내했다.

"그러시면 어서들 자리에 앉으십시오!

오늘은 사람들이 많으니 네 분이 하십시오.

저는 카드를 나눠드리겠습니다.

시작은 200만 원 출입니다.”

장민호가 카드를 샤프질 하여 나눠주었다.

첫판에 내게 A 원 페어가 들어왔다(A 원 페어 홀딩).

내가 외쳤다.

“레이스 3만입니다.”

강영하도 받았다.

“콜”

세 사람 모두가 콜을 하였다.

“콜.”

4구째 바닥에 원 페어를 달아 A투 페어가 된 나는 바닥에 Q원 페어를 깔아놓고, 10만 원 레이스 하는 김 차장에게 20만 원을 더 레이스 했다.

강영하와 김 차장은 모두 콜을 외쳤다.

하지만 백 사장은 죽었다.

“다이.”

5구째 바닥에 K 원 페어 카드가 떨어진 강영하가 레이스를 하였다.

강영하가 레이스 30만을 부르자

나는 콜. 김 차장은 카드를 덮고 죽었다.

6구째도 역시 강영하가 레이스를 하였다.

"레이스 50만."

"콜."

히든카드가 건네지고 내 카드는 A 투 페어 그대로였다.

강영하는 히든에 100만 원을 레이스 하였다.

"잠시만요."

A 투 페어인 나는 강영하의 카드가 궁금했다.

'K 투 페어 카드라면 저렇게 레이스 할 이유가 없다.

K 트리플 카드가 떴을까? 아니면 K원 페어에 말라서 꽁카를 치고 있는 건가?

그 사이 사람들 모르게 나머지 카드를 조심히 살펴보던 장민호가 나에게 죽으라는 신호를 보냈다.

나머지 카드에 K 카드가 안 보인다는 말이었다.

나머지 카드에서 K 카드가 보이지 않았으니 강영하는 K 포카드 아니면, 최소한 KKK 카드, 즉 트리플 카드, 똘이 분명했다.

"죽었습니다! 강 사장님 드세요."

"처음이니까 제 카드를 보여드리겠습니다. 과장님.

저는 K 포 카드가 떴습니다. 잘 죽으셨습니다.

콜 하셨으면 첫 판에 올인 될 뻔하셨습니다.

첫판부터 저의 카드 기리가 좋네요.

장 사장님! 처음부터 포 카드를 주서서 고맙습니다.

축비 하나 드릴게요."

첫판부터 내가 올려놓은 판돈의 절반 이상을 잃게 되자 장민호가 샤프질을 하여 나에게 AAA 트리플 카드를 만들어주었다.

6구째에 원 페어를 달아서 A 풀 하우스 카드가 메이드 되었지만 나는 A 투 페어에서 히든에 A카드가 올라와 히든카드에 A 풀 하우스를 뜬 것처럼 카드를 바꿔서 플러시카드를 메이드한 김 차장, 스트레이트를 메이드한 강영하의 돈을 따내어 다시금 내 판돈을 200만 원 가까이로 만들어 놓았다.

카드 판에서 잡을 호구가 혼자라면, 손장난(스테키)으로 쉽게 작업을 하겠지만 잡을 상대가 두 명 이상이어서 이쪽 사람 신경 쓰다 보면 저쪽 사람의 카드를 읽지 못해 당하곤 하여 작업이 좀처럼 쉽지 않았다.

그래서 카드게임 도중에 사람들 모르게 내가 카드에 일부러 흠집을 내어 표시를 했다.

"장 사장님. 다른 카드 없나요?"

"사람들이 카드를 쪼릴 때 오그러서 보니까, 카드에 흠집이 났네요.

흠집 난 카드가 몇 장 되는 것 같습니다.

카드 좀 바꿔야겠습니다."

그리하여 장 사장이 다방에 전화하여 차 가지고 오면서 카드를 사 오라고 시켰다.

이미 새 카드를 준비하였던 나는 다방 아가씨가 새로 사온 카드와 몰래 바꿔치기를 하여 카드 뒷면에 표시가 나는 목 카드를 깔아놓았다.

장민호의 스테키 손장난과 표시 난 목 카드를 사용하여 5~6시간 만에 강영하에게서 800여 만 원, 김 차장에게서 1,300만 원 돈을 우려냈다.

"과장님 처음에는 버글버글하시더니만 나중에 저희 돈을 다 따셨네요? 카드 못하신다고, 서툴다고 하시더니만 그게 영 아닙니다.

완전히 실력가십니다!"

"아닙니다, 오늘 이상하게도 카드 운이 좋네요."

"그럼 내일은 토요일이니까. 내일 오후에 다시 한 번 게임 하시지요."

"그럽시다."

"정 사장님, 내일은 사무실이나 모텔 같은 곳에서 게임 하지 말고, 우리 야외에 나가서 좋은 음식 시켜먹으면서 카드게임 하십시다."

"그거 좋은 생각이십니다.

그럼 장 사장님이 장소 정하여 결정하시고 전화주세요.

과장님! 내일 꼭 오셔야 합니다. 복수전 하게요."

다음날 우리는 시내에서 한참 벗어나 인근의 경치 좋은 유원지 산장에서 음식을 시켜놓고 카드게임을 시작했다.

유원지였지만 2월 달이어서 사람들이 드문 산장은 한적하고 조용했다.

시간은 오후 5시가 훨씬 지났고 밖은 벌써 어둠이 깔리기 시작했다.

닭백숙을 시켜놓고서 술을 한 잔씩 곁들인 우리는 우리가 부탁한 대로 주인이 만들어 놓은 원탁 테이블로 가서 자리를 잡고 게임을 시작했다.

이번에는 처음부터 목 카드를 집어넣었다.

처음 나눠준 카드 3장 가운데 기쁨 은행 김 차장에게 Q 원 페어, 강영하에게는 2 원 페어가 주어졌다.

5구째.

김 차장에게 Q 카드가 떨어져 Q 똘(QQQ)이 되었고 강영하에게는 공교롭게도 2 카드가 떨어져 2 똘(222)이 되었다.

두 사람의 레이스에 나는 K 원 페어를 손에 들고 있었으나, 카드를 덮고 죽었다.

백 사장에게도 죽으라는 신호를 보냈다.

(게임 도중 자기편에게 엄지손가락을 앞으로 내밀면 콜이나 레이스, 그리고 엄지손가락을 손바닥 안으로 감추면, 죽으라는 신호이다)

6구째.

김 차장은 그대로 Q 똘(QQQ), 강영하는 바닥에 원 페어가 떨어저, 2 풀 하우스가 되었다.

"레이스 30만."

"콜."

7구 마지막째.

히든카드에 김 차장도 원 페어를 달아서 Q 풀 하우스가 되었다.

김 차장이 레이스 50만을 불렀고 강영하는 50만 받고 150만을 더 레이스 했다.

이에 김 차장이 150만 받고, 나머지 올 인을 실었다.

강영하 역시 콜을 했다.

2풀 하우스 카드이면 이길 줄로 알고 레이스 하였던 강영하는 김 차장에게 오히려 되레이스를 당하여 크게 잃었다.

김 차장과의 한판에 300 넘는 돈을 잃은 강영하는 종목을 바꾸자는 제안을 했다.

"김 차장님! 바둑이게임 할 줄 아십니까?

세븐카드가 잘 안 되니 바둑이로 종목 한번 바꿔봅시다."

"강 사장님이 세븐카드가 잘 안 되나 봅니다.

다른 분들은 어떠십니까? 바둑이로 종목을 바꿀까요?"

"그러세요, 안 되신다면 종목을 바꿔서 해도 상관없어요."

"그렇게 하세요."

사람들이 모두들 동의하여서 바둑이로 종목을 바꿨다.

(아침)

김 차장이 외쳤다.

"투카."

강영하는 땹을 택했다.

백 사장도 땹이었다.

나는 박스였다.

다른 사람이 카드를 1~2장 바꿀 때 나는 카드를 4장 모두 바꾸었다.

아침에 박스를 하여 카드 4장 모두를 바꿔서, 바둑이 게임에서 제일 높은 순위인 1, 2, 3, 4 골프로 맞췄다.

눈을 크게 뜨지 않을 수가 없었다.

나는 속으로 미소를 지었다.

그리고 백 사장에게 죽으라는 신호를 보냈다.

"레이스 하세요."

"3만입니다." 김 차장의 레이스에 강영하는 콜했지만 백 사장은 죽었고 나는 콜을 외쳤다.

김 차장의 3만 레이스를 받고서 나는 레이스를 할 수 있었으나, 레이스를 하지 않고 콜만 했다.

바둑이 게임에서 제일 높은 끗발을 잡았는데, 레이스로 상대가 죽어버리면 아무런 소용이 없다.

오히려 상대가 카드를 잘 맞추어서 오기만을 속으로 바랐다. 그래야 큰 승부가 이뤄지니까.

(점심)

김 차장은 스틱을 했다.

강영하도 스틱을 하고 나도 스틱했다. 세 사람 모두 메이드 되었다는 스틱을 외쳤다.

"점심 레이스 하세요."

김 차장이 10만을 레이스 하였고 강영하가 10만 받고 30만 더 레이스 하였다.

이에 나는 콜했다.

김 차장이 '30만 받고 50만 더'라고 또다시 레이스를 했다.

강영하는 콜.

나도 콜했다.

아침때 1장씩 카드를 딴 김 차장과 강영하는 점심 카드 때 1, 2, 3, 5 카드와 1, 2, 4, 5 카드로 우연하게도 서로가 기가 막히도록 잘 맞추었다.

저녁이었다.

"스틱…. 스틱…. 스틱…."

"저녁 레이스 하세요."

김 차장이 먼저 50만을 레이스 했다.

강영하가 50 받고, 150 더 합이 200만으로 레이스 했고,

"콜입니다. 저는 200까지 올 인이니, 나머지는 두 분 따로 치세요!"

나는 올 인을 실었다.

"레이스 200 받고 나머지입니다."

"콜입니다."

김 차장과 강영하가 다시 레이스와 콜을 하였다.

"각자 콜표 트세요"

"1, 2, 4, 초로 맞았습니다!"

　(화투로 숫자 5를 난초인 초라고 한다)

"강 사장님! 무척 잘 맞추셨지만, 제가 이겼네요.

　저는 1, 2, 3, 5 카드(일명 MBC 초라고도 한다)로 맞추었습니다. 그리고 올 인 실으신 신 과장님은요? 뭡니까?"

"죄송합니다. 아침에 4장 박스를 따서 골프를 맞추었습니다. 저도 놀랐습니다."

"뭐라고요. 정말입니까?"

초반 골프가 떴다는 나의 말에 김 차장은 놀라지 않을 수가 없었다.

"장 사장님! 돈 가지고 계신 것 있으면 좀 주십시오.

　벌써 가지고 온 돈 1,000여만 원 다 날렸습니다.

　있는 대로 주십시오. 휴대폰으로 바로 계좌이체를 해 드리겠습니다."

장민호에게서 계좌이체를 해주고 받은 현금 800만 원을 전부 테이블 위에 올려놓은 강영하는 자신이 카드를 잡고서 샤프질 할 때, 카드를 몰아치기(일명: 섞어 끼기)를 하여, 낮은 숫자의 카드가 자신에게 들어오도록 하였다.

'허~ 저 녀석도 카드를 한 수씩 할 줄 아는가?'

장민호가 엷은 미소를 띠며 테이블 밑으로 내 발을 툭툭 건드렸다.

나 역시 고개를 끄덕이며, 알고 있다는 듯 빙긋이 웃었다.

카드 받는 순서가 보스인 백 사장, 그다음이 나였고, 그리고 다음이 강영하 순이었다.

점심카드 때 맨 윗 장의 카드를 보니, 클로버 2(♣2)였다.

현재의 내 카드는 ♠1, ♡4, ◇5로 클로버 2가 오면 아주 잘 맞은 1, 2, 4, 5카드가 된다.

그래서 재빨리 백 사장에게 죽으라는 표시를 하였다.

"레이스 하세요."

백 사장은 그냥 가자고 했고 내가 10만을 레이스 했다.

이에 김 차장은 콜했다.

강영하도 콜했다.

하지만 백 사장은 카드를 덮고 죽었다.

백 사장을 죽게 하고서, 백 사장이 받을 카드를 받으려고 내가 레이스를 하자 백 사장은 카드를 덮고서 죽었다.

"점심카드 따세요."

나는 땁을 외쳤다.

김 차장 스틱, 강영하 땁이었다.

스틱을 부른 김 차장의 카드를 보니 ◇8이 보였다.

8로 맞은 듯했다.

땁을 딴 강영하의 카드 패로 ♥6카드가 건네졌다.

"저녁 카드 따세요."

"스틱, 스틱, 스틱."

"저녁 레이스 하세요."

나의 30만 레이스에 김 차장이 콜을 외쳤다.

강영하가 30만 받고 70만 더 합이 100만으로 레이스,

이때 나는 70만 받고 200만을 더 레이스 했다.

"죽었습니다."

◇8를 맞아서 머뭇거리던 김 차장은 나와 강영하의 레이스에 카드를 덮었다.

"콜입니다. 저는 1, 2, 3, 6으로 맞았습니다.

과장님 카드는 무엇으로 맞았습니까?"

"저는 점심때 땁으로 카드를 바꿔서 1, 2, 4, 5 카드로 맞추었습니다.

미안하게 됐습니다."

서너 판 만에 장민호에게서 빌린 돈 800만 원을 다 잃은 강영하는 다시 계좌이체를 해주고서 1,000만 원을 더 받았다.

"레이스…. 콜, 레이스."

10시간 가까이 유원지 산장에서 밤을 지새우며 도박을 한 우리는 아침이 밝아오기 시작할 무렵인 7시가 다 되어서 게임을

지리산 실화소설

끝냈다.

그날 중고자동차 매매상인 강영하는 3천만 원 가까운 돈을 잃었고 기쁨 은행 김 차장은 처음에는 돈을 따다가 나중에 1천만 원 정도의 돈을 잃었다.

백 사장이 2천만 원 넘는 돈을 땄고, 나는 천몇백만 원을 따냈다.

"오늘은 피곤하니 여기서 이만 끝내고 돌아가서 한숨 잡시다."

"내일은 어찌하실 거요? 오후나 저녁때쯤 다시 모일까요?"

"저는 월요일에 아주 바쁩니다.

주말에 연락하세요, 그러면 먼저 가보겠습니다."

김 차장이 자리에서 먼저 일어섰다.

"저는 피곤하니 여기서 한숨 자고 가겠습니다.

그리고 이따가 저녁때 다시 만납시다.

김 차장이 못 오신다고 하니, 장 사장님이 한 코 맞춰주세요."

"그렇게 하지요. 그럼 이따가 전화해 주세요."

각자의 승용차로 산장을 떠난 백 사장과 나, 장민호는 서로 전화 연락을 취하여 인근 도로변 휴게소에서 만났다.

자판기에서 커피를 빼내온 장민호가 물었다.

"어찌 되었는가?"

"강영하가 2,800 정도 잃었고, 김 차장이 1,000만 원 정도 잃었을 거야.

나는 1,500만 원 땄네."

"내가 가져온 돈 빼고 여기 2,200만 원 정도가 있네."

"거의 맞겠어. 딴 돈 3,700만 원에서 이것저것 경비 빼고, 자네들 1,100만 원씩 가져가고 나머지는 내가 쓰겠네.

김 차장과 강 사장에게 술도 사고 접대도 해야 하니…. 이러면 되겠는가?

할 말 있으면 얘기해."

"무슨 소리, 자네 생각대로 하시게."

"고마워! 저 호구 녀석들도 아주 고맙고."

"저 녀석들을 잘 구슬려 놓을 테니까 한 놈당 최소 1억 정도는 빼내자고."

그 후로 우리는 기쁨 은행 김 차장, 자동차 매매상 강영하와의 카드게임을 계속해 김 차장에게서 9천만, 강영하에게서 1억3천 정도의 금액을 따냈다.

더군다나 그들과의 게임 도중에 강영하가 데리고 온 서명진 사장이라는 법조계 브로커의 돈 3천만 원도 더불어 따내었다.

그런데 나중에 알고 보니 브로커인 서명진 사장은 이 지역의 판사, 검사, 변호사들과 병원원장 등 지역 유지들과 어울리면서 이들과의 접대게임을 주도하였고 변호사와 병원장 등 지역유지들에게 사채놀이도 하고 사건수임 브로커 노릇도 하였다고 한다.

또한 그 역시 얄팍한 손장난으로 그들과의 도박에서 사기를 쳐

돈을 많이 챙겼다고 들었다.

그러한 그가 우리에게 당해서 돈을 잃었으니….

위와 같이 자칭 전문가들도 당하는 사례에서 볼 수 있듯이 그는 설마하고 방심했으리라 생각된다.

다른 사람들에게 사기 치고 다니는 내가 행여라도 남들에게 사기를 당해 돈을 잃겠느냐…?라고.

여러분들도 어떤 모임이나 장소에서 게임을 하게 될 때는 일단은 주의해서 게임을 하면 결코 여러분께 손해가 되지는 않을 것이다.

공단
김 사장

2010년 3월 00일.

오후 7시경 ○○ 시내의 한 레스토랑.

공단 작업복을 입은 한 남자가 두 사람이 앉아있는 테이블로 다가와 앉았다.

"안녕하십니까? 장 사장님."

"과장님! 오랜만에 뵙습니다.

시원한 맥주나 한잔하시지요.

아~ 참 두 분 서로 인사들 나누세요.

이분은 ○○공단 하청업체인 K 회사 김영철 사장님이십니다."

"안녕하십니까?

H그룹 ○○공장에 근무하는 신○○ 과장입니다.

반갑습니다.

장 사장님! 그동안 어찌 지내셨습니까?

그동안 게임 안 하셨던가요?"

"아이고! 과장님도 제가 먹고살기도 바쁜데, 그런 게임할 시간이 어디 있나요?

그러면 과장님 말 나온 김에, 오늘 시간 나시면 우리 카드나 한 판 할까요?"

"제가 좀 서툴러서. 카드를 보고 늦게 배팅하거나 콜을 하여도 이해해주십시오."

"그 점은 걱정 않으셔도 됩니다.

저도 마찬가지이지만, 여기 김 사장님도 머뭇머뭇하시고 그러십니다.

걱정하지 마세요."

김 사장이 둘의 대화에 끼어든다.

"얼마 정도 놓고 시작합니까?"

"과장님! 전번 게임할 때와 같이, 200만 원씩 놓고 시작하지요!"

"그럽시다!

그럼 제가 은행에 가서 돈 좀 찾아올게요

어디에 계실 겁니까?

지난번에 한 500만 원 잃었는데 오늘은 조금만 찾아보렵니다."

"맥주 한잔씩만 하시고 함께 나가시지요.

김 사장님같이 나가십시다.

가까운 은행에 가서 돈 찾아서 조용한 모텔로 가지요."

조금 후 가까운 농협인출기에서 김영철 사장이라는 자가 돈을 인출하는 사이 장민호가 나에게 돈 500만 원을 건네주면서 말했다.

"어이! 저 녀석은 돈이 많은 놈이니 자네도 돈 많은 것처럼 행동하라고.

처음부터 500만 원을 다 내어놓고서 시작해!

그리고 어느 정도 시간이 지나면 자네가 돈을 따가지고 있다가 내가 신호를 보내면 바쁜 일 핑계를 대고 다음에 놀자고 얘기하면서 그냥 나가라고.

뒷마무리는 내가 알아서 처리할 테니 차비나 뽀찌 한 푼 주지 말고 그냥 나가버려.

그런데 카드는 가져왔어?"

"응! 여기 가져 왔네"

"저놈은 표시된 목 카드가 없어도 손장난만으로도 넘어가나, 확실하게 잡기 위해 또 시간 오래 끌지 않도록 그 목 카드도 넣어야 해.

이 부근에서 기다리다가 내가 방 잡고 전화할 테니 그때 건너오시게."

이윽고 김 사장이 돈을 찾아 나오는 모습이 보이자 나는 골목으로 들어갔다.

지리산 실화소설

"여보세요 과장님? 여기 ○○ 모텔 302호실입니다.

이리 오십시오."

파라다이스 모텔 302호실.

담배 연기가 자욱한 가운데 김 사장이란 자가 연거푸 담배를 꺼내 물면서 불을 붙인다.

내가 6구째에 100만 원을 레이스 하였다.

목 카드는 카드 뒷면에 표시가 되어 있으므로 상대방 김 사장의 카드가 무엇인지를 나는 훤히 알 수 있었다.

김영철 사장의 카드엔 보이지 않는 A 원 페어가 숨어있었다.

내 앞에 놓여있는 그의 카드에는 원 페어도 없다.

그런데 그 상황에서 내가 100만 원을 때리자 장민호는 카드를 덮고 죽었고 제일 높은 A 원 페어를 가진 김 사장이 담배를 몰아 피우면서 장고하였다.

'바닥에는 원 페어도 없다. 그런데 100만을 때렸다?

똘(트리플)일까? 거짓인 꽁까를 쳤을까…?

남은 카드는 히든카드 1장 남았다.

꽁카 아니면 똘이다.'

잠시 나의 카드를 보면서 생각에 잠겼던 김영철 사장은 남은 자신의 돈을 세어보더니 콜을 하였다.

김 사장의 남은 돈은 50여만 원.

히든에 투 페어를 잡아 A투 페어가 된 김 사장이 남은 돈 50여만 원을 먼저 올인 했다.

자신에게 올 마지막 히든카드가 오면, 자신의 카드가 똘(트리플)이 된다는 것을 알고 있는 나는 50여만 원 콜을 하고, 카드를 펴 보였다. 그리고 이미 똘 카드가 되어 있었던 것처럼 외쳤다.

"김 사장님! 저는 똘에 말랐습니다.

메이드 되셨으면 드십시오."

김 사장의 얼굴이 일그러졌다.

그는 카드를 내던지며 말했다.

"돈 좀 찾아오겠습니다! 잠시만 기다리세요."

그는 옷을 집어 들고 방문을 나선다.

"어이, 저 녀석에게 얼마나 나왔는가?"

"지갑에서 300만 정도, 찾아온 게 500만 정도.

대략 800만 정도 나왔네!"

"저 녀석 카드는 기업카드니까, 돈을 많이 뽑을 수 있어.

오늘 저녁 3천만~ 4천만 원 정도 빼내세."

잠시 후 김 사장이 다시 자리에 앉았다.

봉투를 보니 대략 1천만 원 정도의 현금을 찾아온 것 같았다.

장민호가 샤프질을 하고 카드를 날랐다.

짠짠짠(똘) 카드를 만들어, 나에게 KKK, 김 사장에게 888을 만

들어주었다.

초구부터 배팅이 커졌다.

5구째에 벌써 100만 받고 200만 원을 더한 상황.

바닥에 쌓인 돈이 벌써 700~800만 원 정도 쌓였다.

5구째 배팅 때 장민호는 죽고 카드를 날랐다.

마지막 히든에 김 사장이 원 페어를 달아 8 풀 하우스 카드가 메이드 되었다.

나에게는 장민호가 김 사장 몰래 밑에서 카드를 빼내어서 원 페어를 만들어주었다.

나 역시 K 풀 하우스를 메이드 시켰다.

"히든 레이스 하세요!"

"레이스 400만 원 올인입니다."

김 사장이 나머지 돈 400만 원을 올인 실었다.

"400만 콜입니다."

나는 KKK 카드 3장을 찢어서 K 투 페어에서 히든카드에 K가 떠서 K 풀 하우스가 된 것처럼 한참 동안 표를 들여다보는 척하면서 콜을 하였다.

"콜입니다! K 투 페어에서 히든에 K 카드가 와 K 풀 하우스가 되었습니다."

8 풀 하우스가 떠서 무조건 이겼다고 생각한 김 사장은 또다시 올인 당하자 당혹감과 동시에 고개를 갸우뚱하였다.

"과장님! 오늘은 운이 좋으신가 봅니다.

카드도 잘 뜨고 레이스도 잘하시고, 오늘 돈 많이 따시겠습니다.

지난번 잃으신 것 회복하시고도 몇 배로 따시겠네요.

허~ 어, 다시 한번 은행에 다녀와야겠습니다!"

"김 사장님! 오실 때 담배와 음료수 좀 사다주십시오."

김○○ 사장이 또다시 돈을 찾으러 방문을 나서자 장민호가 나에게 물었다.

"지금 몇 시나 되었지? 12시 넘었나?

지금 저놈에게서 2천만 원 정도 나왔으니 1천만 원만 더 썰고 나서, 자네가 내 돈까지 올인 시켜.

그래서 4천만 원 정도 따가지고 있다가 전화 오면 핑계를 대고 끝내자고."

나는 다른 친구에게 전화를 했다.

"어. 나네! 지금부터 약 1시간 정도 후에 자네가 3~4번 연속해서 전화해줘! 알았어?"

김 사장에게 카드를 나르면서 김 사장의 카드를 훤히 알았으므로 우리 두 사람은 그의 돈을 야금야금 빼먹기 시작했다.

김 사장이 또다시 찾아온 돈이 얼마 남지 않았을 때 장민호가 카드를 날랐다.

김 사장에게 666 카드 출발을, 장민호 A 원 페어, 나는 5 원 페어로 출발했다.

김 사장이 레이스를 하였고 장민호, 나는 콜을 하였다.

6구째에 장민호가 A 투 페어를 달아 나머지 가진 돈 전부 올인 실었다.

김 사장은 당연히 콜을 했고 나는 5원 페어에, 플레시 포플(무늬가 같은 카드 4장)이 되어 콜을 하였다.

히든카드가 날라지고 장민호는 그대로 A 투 페어.

김 사장 역시 히든까지 풀 하우스를 만들지 못하고 똘 카드에 말랐고, 포플이었던 나는, 카드를 살짝 바꿔치기하여 플러시카드를 메이드 시켰다.

장민호가 말했다.

"저는 올 인 되었으니 두 분이 따로 레이스 하세요."

김 사장이 뼁을 불렀다.

"콜입니다! 저는 히든에 플러시 떴습니다!

장 사장님! 올인 카드 오픈하세요.

김 사장님! 제 플러시카드 이기면 말씀하세요!

오늘은 제 끗발이 너무 좋습니다.

지난번 잃은 돈 진작 찾았고 계속 카드 운이 좋으니, 오늘은 돈 좀 따보아야겠습니다."

이때 따르릉. 따르릉. 나의 전화벨이 울렸다.

"여보세요 뭐라고? 알았어.

곧바로 갈 테니 준비하고 있어!"

연달아 울리는 휴대폰 벨 소리에 나는 서둘러 일어섰다.

"죄송합니다! 급한 일이 생겨 바로 일어서야겠습니다."

"별 수 없지요.

어서 가보십시오! 급한 일 같네요."

"오늘 운이 좋아 불기리가 나는데···.

할 수 없지요. 죄송합니다."

모텔 현관문을 나서는 나는 차가운 바람에 몸을 움츠렸다.

그리고 담배를 꺼내 물고는 허공을 향해 한 가닥 길게 담배 연기를 내뿜었다.

김영철 사장이 사 온 음료수 비닐봉지에 현금 4,000여만 원을 담아서 점퍼 안주머니에 넣어놓은 것을 다시금 두 손으로 확인하면서 주차된 차로 걸어가서 시동을 걸었다.

가까운 시내 체육관으로 향한 나는 적막한 체육관 가로등 아래에 차를 세우고 시계를 보았다.

새벽 3시가 다 되어갔다.

점퍼 안주머니에서 비닐봉지를 꺼내 돈을 세어보았다.

4천만 원이 약간 안 되었다.

'장 사장과 나의 돈을 제외하고 약 3천만 원 정도 땄구나.

경비를 제외하고 내게 1,400만 원 정도 들어오겠구나.'

허~. 생각만 해도 기가 막힌 일이었다.

'이런 호구들을 한 달에 1건 정도만 잡는다면 걱정이 없겠는데.'

혼자만의 희열에 빠진 나는 다시금 담배 1개비를 꺼내 물고서 장민호의 전화를 기다렸다.

그 후 우리는 김영철 사장과의 몇 차례 카드게임으로 2억이 넘는 돈을 그로부터 빼내었다.

하지만 그 역시 사기도박에 속아서 큰돈을 잃은 줄은 꿈에도 모를 것이다.

조금 이상하다고 생각을 할지는 모르겠으나 다만 도박 운이 따라주지 않았다고 자책했을 것임이 분명하다.

요즈음도 그 김 사장이 장민호와 어울려 가끔씩 도박을 한다는 얘기만 들었다.

우 사장

2010년 6월.

오후 4시쯤 사무실 주인인 이성철에게서 전화가 왔다.

"신 사장? 무한컨설팅 우 사장님이 오셨는데 바둑이나 한판 두자고 하시네,

시간 있으면 사무실로 건너 오시게나."

우준식 사장은 부동산 중개업을 했던 돈 많은 사람이었다.

"안녕하십니까? 우 사장님"

"예! 오랜만입니다."

나는 우 사장과 서너 판 바둑을 두었다.

서로 실력이 비슷비슷했다.

그 사이 그 당시 노름으로만 생활하던 김성수가 들어왔다.

"바둑들 두고 계시네요? 안녕하십니까?"

바둑을 두는 사이 시간이 꽤 흘렀다.

그날 따라 우 사장은 별일 없이 한가해 보였다.

"바둑은 그만두고 우리 고스톱이나 한판 칩시다."

"그러시죠"

"저는 잠시 다녀올 데가 있어서 세 분이 먼저들 치고 계세요."

고스톱 한번 치자는 우사장의 제안에 이성철은 그러자 하고, 나는 뒤로 물러섰다.

이윽고 이성철, 우 사장 그리고 바둑을 구경하고 있었던 김성수가 자리에 앉았다.

이성철 왼쪽으로 김성수가 자리를 잡았다.

화투에서는 선을 잡은 사람이 화투를 쳐대면 그의 왼쪽에 앉은 사람이 기리를 한다.

이성철이 선을 잡을 때 그는 화투패 중 좋은 패를 몇 장을 골라 화투를 섞으면서 그것을 맨 위로 올려놓는다.

그러면 김성수가 기리를 하면서, 올려놓은 좋은 화투패가, 이성철에게 가도록 해놓는다.

즉 이성철, 김성수 두 사람이 짜고서 화투도박을 하는 것이다.

당시 전두환 고스톱이라고(일명 월 고스톱이라고도 하는데) 1월부터

12월 사이에 그 판에 해당하는 월의 화투를 4장 갖게 되면, 상대방 화투패 가운데 아무 화투패든지 가지고 올 수가 있어서 상대방을 피박이나 광박으로도 만들어 버릴 수가 있었다

더군다나 해당 월의 화투를 3~4장 만들어서 흔들면 몇 배의 금액으로 크게 끝난다.

이성철이 선을 잡을 때마다 왼편에 앉은 김성수가 기리를 하여 번번이 우 사장은 이성철에게 쓰리 고나 피박, 광박을 당하여 돈을 내어놓을 때마다 돈을 잃었다.

11월(똥)이 끝나고 마지막 12월 달인 비월이 되었다.

이성철이 선을 잡고서 화투패를 섞고서 화투를 쳐대었다.

이미 비 화투패 4장을 위에 올려놓았고, 김성수가 기리를 하였다. 그리하여 이성철은 월약인 비 화투 3장을 손에 들게 되었고 바닥에는 붉은색 비 쌍피 화투패 1장이 깔렸다.

시작한 지 3번째. 선이었던 이성철이 화투를 칠 때 그가 비 3장을 흔들고 바닥에 있던 붉은색 쌍피를 쳐댔다.

폭탄을 쳐댔으므로 상대에게서 피를 한 장씩 가져오고 또한 월약을 했으므로 상대 화투패 중 아무것이나 한 장을 가져와야 했다.

우 사장의 바닥 화투패에는 삼광 하나와 6 피 그리고 청단, 홍단의 화투가 각기 1~2장씩 있었다.

우 사장에게는 삼광을 그리고 김성수에게는 9쌍 피를 가져와 원

고, 투 고, 쓰리~ 고.

12월 월약 흔들고, 광박에 쓰리고를 당한 우 사장은 2배, 4배, 8배, 16배.

1점에 2,000원짜리 고스톱 판에서 1점에 32,000원짜리를 맞아 25점 났으므로 한 판에 80만 원이 넘는 돈을 잃었다.

또다시 테이블 위에 놓인 돈을 다 잃고서 주머니에서 100만 원 돈을 꺼내어 다시 테이블 위에 내어놓은 우 사장.

이번엔 김성수가 선을 잡았고 우 사장이 화투패 기리를 하였다. 김성수가 3점이 나서 '고' 할까 '스톱' 할까를 결정해야 하는 순간.

걸림돌은 이성철 앞에 놓여있는 청단 패였다.

6 청단과 단풍인 10 청단의 화투패가 이성철 앞에 있었고 바닥에는 9 청단 패가 깔려있었다.

이성철 손에 9 화투패가 있어서 청단을 하게 되면 김성수는 고박이 되어 손해를 보나 만일 청단을 피하면 우 사장은 피박과 광박을 당한 데다 쓰리 고까지, 이 판에서 역시 많은 돈을 잃게 된다.

이때 이성철이 김성수에게 자기에게 9 화투패가 없으니 '고' 하라는 신호를 보냈다.

"곱니다. 고! 써보았자 3점 기본인데 뭐. 고!"

결국 김성수의 두 번 '고'에 우 사장은 남은 돈을 다 잃고 말았다.

"돈을 더 찾아올 테니 판돈을 올려서 칩시다!

점에 5,000원으로…"

"사장님 그렇게 하세요!"

"제가 돈이 별로 없는데 사장님이 돈을 좀 잃으셔서 그러니 할수 없네요. 그럽시다."

판돈은 커졌고, 그동안 내가 우 사장의 돈 심부름을 3번이나 하였다.

결국, 그날 우 사장은 1,500만 원 돈의 현금을 잃었다.

이날 내가 함께 화투를 치지 않은 이유는 나를 포함하여 4명이 화투도박을 하는 것보다 3명이 하게 되면, 둘이서 우 사장이란 호구 한 사람만 잡아도 되므로 쉽고도 빨리 끝낼 수가 있기 때문이었다.

그리고 내가 우 사장 옆자리에 앉아서 구경하는 척하면서 우 사장 화투패를 이성철, 김성수에게 알려줄 수 있었다.

한마디로 세 사람이 짜고서, 우 사장 한 사람을 잡기 위해 각자 역할분담을 했다.

상대를 속이는 화투 사기기술은 역시 화투 뒷면을 알아보게 만든 목 화투, 그리고 앞서 얘기했던 오가리 기술, 또한 화투패 기리할 때, 좋은 패를 위에 올려놓는 방법, 그리고 몸동작이나 손으로 하는 수신호가 있다.

신호를 보낼 때는 손짓, 몸짓 그리고, 목소리나 이야기 속에 전하는 말 등이 있다.

화투를 치면서 상대방이 불필요한 말을 하거나 이상한 몸짓, 이상한 손가락의 움직임이 있으면 일단 의심을 해보고, 또한 다른 사람들의 행동을 주의 깊게 살펴볼 필요가 있다.

어느 곳에서나 항상 조심해야 한다.

제아무리 운이 따라주지 않는다 해도 한 사람이 일방적으로 돈을 잃을 수만은 없다.

어떠한 사기가 분명히 있어서 큰돈을 계속하여 잃는 것이다.

물론, 이보다 더 좋은 수는 도박을 끊는 것이다!

도박은 중독이다. 명심해야 한다!

나이키
이 사장

2010년 10월 중순.

오후 2시쯤 늦은 점심을 끝낸 나는 전화를 받고서 차를 몰아 시내로 향했다.

잠시 후 인근 주차장에 차를 주차하고 중심가에 있는 한 상가건물의 지하로 걸어 내려갔다.

대낮이었지만 전등을 켜놓지 않아 내려가는 계단이 어두웠다.

입구에 만남 카페라는 간판이 걸려 있었지만 지금은 영업하지 않는 듯 보였다.

유리로 된 가게 문을 열고 들어서자 저 안쪽으로 불빛이 보였고, 그 불빛 탁자 아래서 서너 명의 사람들이 앉아있는 게 보였다.

"장 사장님, 안녕하십니까…?

벌써들 시작하셨습니까?

퇴근해서 곧바로 오려다가 집에 들러 옷을 갈아입고 오느라 늦게 되었습니다."

"과장님! 이쪽으로 앉으시지요.

서로들 인사하세요!

이분은 나이키 ○○대리점 운영하시는 이수철 사장님이시고, 옆에 계신 분은 대륭 건설 ○○현장의 강만수 소장님이십니다.

그리고 여기 이분은 ○○공단에 있는 세암회사 신○○ 과장님이십니다."

나이키 대리점 이 사장이 일어나서 반긴다.

"처음 뵙겠습니다, 과장님!

이곳 부근에서 나이키 대리점을 하고 있습니다.

저의 대리점에 한 번 들리세요,

○○공단 직원들 저의 가계에 많이 옵니다.

여기 제 명함입니다."

강 소장도 일어나 인사를 한다.

"과장님 오랜만에 뵙습니다!

저하고는 전에 한번 뵈었지요?"

"아~ 그때 강 소장님……!

아이고 정말 오랜만에 뵙습니다.

잘 되고 있으십니까?"

"과장님 오시기 전에 저희끼리 먼저 돌리고 있었습니다.

시작한 지는 얼마 되지 않았습니다."

"얼마씩 놓고 시작하셨습니까?"

"200만 원씩 놓고서 시작했는데.

이 사장님은 벌써 한번 올 인이 되셔서 두 번째로 돈을 올려 놓으셨네요."

강 소장이 카드를 잡고 돌리고 있었다.

게임하고 있는 카드, 역시 뒷면을 알아볼 수 있게 이미 목 카드를 깔아놓고 있었다.

게임은. 세븐 포카드. 6구째.

이수철 사장 카드는 바닥 4장에 8 원 페어가 깔려있었고 하트 무늬가 3장 보였다.

그리고 보이지 않는 카드 2장은 1장이 클로버 K(♣ K)이고, 나머지 한 장은 보이지 않았다.

이 사장이 레이스를 하였다.

"레이스 30만입니다."

장민호는 카드를 덮었고, 강 소장은 콜을 하였다.

마지막 히든카드에 이수철 사장에게 스페이드 3(♠3) 카드가 전해졌고 강 소장은 10 투 페어가 되었다.

"레이스 100만!"

이수철 사장이 히든에 100만 원을 베팅하였다.

강 소장은 잠시 생각하는 척하면서 이 사장의 카드를 살폈다.

덮어진 2장의 카드 중 1장이 다른 카드 아래에 있어서 아직도 보이지 않았다.

'나머지 1장 보이지 않는 카드가 K일까?

K이면 K 투 페어 카드이고 그렇지 않으면 5개 카드의 무늬가 같은 플러시 카드도 아니고, 그러면 단지 8 원 페어나 8 투 페어 카드일까?'

이때 장민호가 강○○ 소장에게 죽으라는 신호를 보냈다.

나머지 1장의 카드가 확인이 안 되니 무리하게 게임하지 말라는 뜻이었다.

"죽었습니다, 드십시오…. 이 사장님!"

강 소장이 카드를 덮었다.

"이 사장님, 강 소장님. 장 사장님 두 분이 못 당하시는 것을 보니 이 사장님 카드가 잘되는 모양입니다."

"무슨 말씀을요? 지금 제가 300 정도 잃고 있습니다."

"그래요…?"

5구째.

장민호는 2원 페어, 이수철 사장은 Q 원 페어, 강 소장은 K 원 페어, 나는 7 원 페어를 받았다.

이 사장의 10만 레이스에 나와 장민호가 카드를 덮었고 강 소장이 콜을 하였다.

"레이스 30만!"

"콜입니다!"

히든카드가 가고. 이 사장은 Q 투 페어, 강 소장은 K 투 페어가 되었다.

"뻥입니다."

"레이스 30만입니다!"

이 사장은 강 소장의 레이스에, 잠시 강 소장의 카드를 쳐다보며 바닥 4장의 강 소장의 카드에 원 페어도 보이지 않자 콜을 하였다.

"이 사장님! 콜! 표 펴세요, 뭡니까?"

"Q 투 페어입니다."

"아이고 죄송합니다!

제가 딱 한 끗발 이기는 K 투 페어입니다."

차례가 되어 장민호가 카드를 잡고 돌렸다.

장민호는 이미 이수철 사장과 강 소장이 레이스에 신경 쓸 때, 남은 카드로 샤프질을 하여 카드를 만들어 놓았다.

차르륵~ 챠르륵 샤프질을 하면서, 이 사장에게 666 카드, 나에게는 KKK 카드가 들어가도록 손장난을 했다.

5구까지 바닥에 상당한 돈이 쌓였고 트리플 카드를 쥔 이 사장의 거친 레이스에 장민호와 강 소장은 카드를 덮었다.

6구째. 이 사장 50만 레이스에 내가 콜.

7구째. 히든카드가 건네지고 이 사장은 6 풀 하우스 카드가 메이드 되었다.

나 역시 K 풀 하우스 카드가 메이드 되었고. 이 사장이 삥을 불렀다.

나는 레이스 50만을 불렀고 이에이 사장이 50 받고 올 인을 실었다.

내가 콜을 외쳤다.

"이 사장님. 올 인 표 트세요!

저는 K 풀 하우스입니다."

"뭐라고요? 아이고 제가 졌습니다⋯.

허~어, 제가 가져온 돈 500만 원을 다 잃어서 그동안 세 분이 하고 계십시오.

저는 나가서 돈을 좀 찾아오겠습니다."

이수철 사장이 돈을 찾으러 문밖을 나서자 강 소장이 따라 나가 현관문을 잠그고 돌아왔다.

"저 녀석은 확실한 카드만 하는 놈이니까 쉽사리 잡기 힘들어. 그러니 조심들 하라고!

괜히 꽁카 치지 말고⋯."

오전에 만났을 때, 저놈 통장 보니까 5천만 원 정도 들어있던데 오늘 2~3천만 정도 뽑아내자고⋯.

강 소장 자네가 오늘 2천 정도 따내고 신 사장이 나머지 돈을 따내!

내가 돈을 따게 되면 저 녀석에게 뽀찌를 줘야 하니, 나도 잃을 테니까."

"형님, 알았습니다.

그런데 이 사장 이 사람은 원 페어에 말라버리면 거의 죽어버리니까 형님이 손장난으로 짠짠짠(똘, 트리플) 패를 자주 만들어 주어서 싸움을 크게 만들어, 게임을 빨리 끝내게 하는 것이 좋을 것 같네요."

"그러자고."

이때 문을 두드리는 소리가 났다.

"왔어! 저 녀석이 벌써 왔구먼."

나이키 ○○대리점 이 사장이 현금을 담은 거로 보이는 은행 봉투를 몇 개 들고 들어왔다.

"다시 나가 돈을 찾아오기 귀찮아서 아예 2천만 원 정도 찾아왔습니다."

다시 카드가 돌아가고 레이스. 콜….

2시간 정도 지날 무렵 이 사장이 찾아온 은행 현금 봉투 3개가 거의 다 비워지고 그의 자리 앞에는 100만 원 정도가 남았다.

"레이스 200만 원입니다."

"콜입니다."

강 소장의 레이스에 내가 콜을 했다.

레이스를 한 강 소장의 카드를 살펴보며 생각하던 이 사장은 5구째부터 A원 페어를 가지고 있었다.

"콜입니다! 제 돈이 100만 원 정도밖에 안 되므로 두 분이 따로 레이스 하세요."

이 사장 역시 남은 돈 100만 원을 콜 하였다.

마지막 히든카드가 날라지고, 강 소장은 K 원 페어, 이 사장은 A 원 페어에 말랐고 나는 히든카드에 원 페어를 달아 7 투 페어가 되었다.

"두 분 따로 레이스 하세요."

강 소장의 삥 소리에 나는 7 투 페어라고 카드를 오픈했다.

강 소장은 카드를 덮었고, 얼굴색이 창백해진 이 사장은 다시금 자신의 카드를 확인했다.

A 투 페어이면 모두 다 이기는데 A 원 페어로 말랐다.

그는 자신의 카드를 다시금 확인하고는 나서 카드를 덮었다.

"장 사장님! 돈 좀 없습니까?

오늘 벌써 3,000여만 원 돈을 잃었는데, 가게에는 물건 값 결제 해 줄 돈밖에 없어 그런데 다음 주 수요일까지 해 드릴 테니 천만 원만 빌려주십시오."

"죄송합니다, 이 사장님! 저도 500~600만 원 정도 잃었는데 어제 카드 돈을 다 막아버려서 지금 가지고 있는 돈이 없습니다.

오늘은 카드 운이 따라주지 않는 것 같으니 그만하시고 다음에 다시 한 번 게임 하시지요?

강 소장님! 오늘 좀 따신 것 같은데. 술 한잔 사세요!"

이수철 사장, 이 한 사람의 돈을 따내기 위해 장민호, 나, 강만수 소장 이 세 사람은 카드 뒷면에 표시가 된 목 카드와 스테키 기술, 즉 손장난을 이용하여 서로 신호를 해가며 작업을 하였다.

물론 호구였던 이 사장은 자신이 사기당한 줄은 꿈에도 모른다.

누가 얘기해주지 않는 이상 결코 알 수가 없는 일이다.

결국 그 역시 억 단위가 넘는 돈을 사기꾼들에게 잃었다.

여기에서 강만수 소장, 강 소장은 들러리 역할, 바람잡이 역할을 하였고, 장민호는 사기도박 기술자로서의 작업을 하였다.

여러분들 중에서 앞으로 카드게임을 하실 때. 상대방이 게임 도중에 남의 카드 뒷면을 유심히 살피는 행동을 하거나 숨겨져 있는 상대방 카드의 뒷면을 보기 위해 상대방 카드를 손으로 살짝 펼치는 등의 행위를 하는 것을 감지하였다면(이런 걸 발견하려면, 게임 도중 잠시 혼자 게임을 멈추고 가만히 다른 사람들이 게임 하는 것을 살펴보고 있으면 쉽사리 발견할 수 있다), 이때는 게임이 끝나고 그 카드를 조회해 보시기 바란다.

거의 목 카드일 가능성이 크다.

물론 목 카드 같은 사기수단의 증거물을 찾아낸다면 적절한 보상도 기대할 수 있을 것이다.

또한, 상대가 카드를 섞을 때 손장난이 들어갔다고 의심이 되면 그 카드를 시작할 때, 커트(기리)하면 되고 그리고 샤프질 할 때, 가만히 응시하는 듯이 쳐다보고 있으면 쉽사리 상대가 당신을 상대로 손장난을 못 하게 된다.

　게임 도중에 한두 번씩 이런 식으로 상대에게 주지시켜 놓으면 설사 상대가 사기기술을 하지 않더라도 '저놈은 호구가 아니고, 뭔가를 조금은 아는 것 같은 놈이니 조심해야겠구나…'라고 조심하게 된다.

　그만큼 사기를 당할 확률이 줄어든다는 얘기다.

당진
현장

2011년 8월 하순경.

한동안 연락이 없었던 장민호에게서 전화가 왔다.

"신 사장! 그동안 어찌 지냈나?"

"나야 그럭저럭 지내지. 그런데 한동안 안 보이던데, 장 사장! 자네는 지금 어디에서 지내는가?"

"여기는 충남 당진이야. 당진 화력발전소 공사현장에서 건설 작업자로 일하고 있어!"

"뭐라고? 자네가 공사현장에서 일을 한다고?"

"사연이 그렇게 되었어.

그나저나 신 사장 자네, 시간 있으면 이곳으로 한번 올라오시게,

돈벌이 될 게 좀 있네."

거의 1여 년 만에 연락이 온 장민호를 만나기 위해 다음날 나는 차를 몰고 충남 당진으로 향했다.

서해안 고속도로를 달리면서 무려 3번씩이나 무인카메라에 찍히고 거의 밤 10시가 다 되어 당진에 도착했다.

"어이, 장 사장! 오랜만이야…."

"어서 오시게나, 반갑네.

식사는 하셨는가? 서둘러 오느라고 피곤할 테지.

식사하지 않으려면 우리 소주나 한잔하세!"

가까운 식당에서 우리는 소주잔을 나누며 그동안 이곳에서 그가 지냈던 얘기를 들었다.

건설현장에서 근로자들끼리 일을 마치고 숙소로 돌아와 그들끼리의 도박판이 거의 매일 벌어지고 있는데 그들과 도박을 하려고 아는 사람의 소개로 이곳 현장 작업자로 들어오게 되었다고 했다.

그동안 그들과 크고 작은 도박을 여러 번 하였는데 이번 주 토요일에 지금 다니는 회사의 현장소장과 공구장 그리고 다른 하청업체 현장소장들이 함께 모여 게임 판돈을 크게 놓고서 카드 게임을 하기로 한다고 하였다.

그래서 호흡이 맞는 나에게 연락하게 되었다고 한다.

"이틀 후 토요일에 작업시간 끝나고, 우리 회사 현장소장 숙소

에서 카드게임 하기로 했는데, 이 녀석들이 생각보다도 돈 들이
많아!

　나와 함께 이 녀석들을 작업해 보자고….

　마침 이번 금요일이 봉급날이라 돈들은 서로 많이 있을 거고 아
마 큰돈이 오갈 것 같네."

　"장 사장, 이곳에서 사용하는 카드는 우리가 쓰는 카드와는 다르
다고 하는데 그런가?

　뭐가 다르지?"

　"이곳에서 쓰는 카드는 윈드밀 카드라고 부르는데 우리가 보
통 쓰는 503엔젤 카드와 비교하면 크기도 작고 카드 뒷면 무늬
도 달라."

　"그럼 이곳의 윈드밀 카드로, 새 카드 몇 개 사서 목 카드 작업을
해놔야겠군.

　이번 판에도 목 카드 집어넣어야 하겠지?"

　"어! 그렇기는 한데. 전번에 게임할 때 성도하도급 업체 소장이
어떤 젊은 녀석을 데리고 와서 같이 한번 게임을 했었는데 이 녀석
이 어린놈이지만 눈매가 아주 날카로워.

　그놈을 조심해야 해!"

　"그래 어디에서든지 어린놈들은 조심해야 해!

　그러면 카드는 현장에 가서 상황을 봐가며 집어넣든지 해야겠군."

　다음날 하루를 숙소에서 지내며 윈드밀 카드로 목 카드를 만들
었다.

　　　　　　　　　지리산 실화소설

토요일 저녁 8시경.

우리는 최현호 현장소장 숙소로 갔다.

최 소장의 숙소는, 현장 인근의 근로자 숙소와 가까웠는데 컨테이너를 사무실 겸 숙소로 사용하고 있었다.

컨테이너가 보통의 컨테이너보다는 2~3배 될 정도의 크기였다.

이곳 현장에서 거의 매주 토요일마다 이런 큰판이 벌어지고 있었다고 한다.

첫날에는 장민호 혼자서 카드게임에 들어가고 나는 옆에서 지켜보기로 했다.

50대 초반의 최 소장과 다른 하청업체 박진호 소장 그리고 장민호가 일하고 있는 회사의 공구장 유상기, 박진호 소장이 데리고 왔다는 20대 후반으로 보이는 정 기사.

5명이 따로 딜러 없이 서로 돌아가면서 카드를 나르며 게임을 하였다.

"레이스 10만입니다."

나이 어린 정지훈 기사가 5구째 10만 원을 레이스 하였다.

그 앞에 깔려있는 3장의 카드에는 원 페어도 없었고 카드 무늬도 제각기 달랐다.

바닥에 9원 페어가 깔려있는 최 소장이 콜.

스트레이트 자막이 보이는 박진호 소장도 콜.

장민호는 손에 A 원 페어를 들고 있었으나 레이스를 하지 않고 그냥 콜만 했다.

공구장 유상기는 카드를 덮었다.

6구째 정 기사 바닥 카드에 10 원 페어가 떨어지고 최 소장은 그대로 9 원 페어.

박 소장은 9, 10, Q, J가 깔려 스트레이트 양빵 카드가 되었다.

장민호도 바닥에 3 원 페어가 떨어져 A 투 페어 카드가 되었고 보스인 정 기사가 레이스를 하였다.

"레이스 30만입니다!"

이에 최 소장은 카드를 덮었고 박 소장이 레이스를 한다.

"레이스 30만 받고 70만 더! 합이 100만 원!"

박 소장이 마치 스트레이트가 메이드된 것처럼 레이스를 하자 장민호는 A 투 페어 카드로 히든을 포기하고 카드를 덮었다.

"콜!"

머뭇거리지 않고 100만 원을 콜 한 정 기사는 히든카드를 받고서 가지고 있던 나머지 돈을 모두 레이스 하였다.

"레이스 400만! 올 인입니다."

어린 정 기사의 레이스에 6구째 카드에서 스트레이트 8, 9, 10, J, Q를 메이드 시킨 박 소장은 담배 1개비를 피워 물고서 잠시 생각을 한 후에 외쳤다.

"콜이다!"

"어디 무슨 카드인지 확인이나 해보자."

"난 6구째 진작 스트레이트 메이드야."

"죄송합니다! 풀 하우스 떴습니다. K 풀 하우스…"

그는 KKK 카드로 출발이었다.

6구째 10 원 페어가 떨어져 풀 하우스가 메이드 되었고. 다른 사람까지 끌고 가려고, 6구째 콜만 했는데 다른 사람들 모두 다 죽자 히든에 박 소장만 희생이 된 것이다.

"으~ 음~."

장민호가 의미심장한 미소를 지우며 아랫입술을 지긋히 깨물었다.

다음 차례로 장민호가 카드를 잡아 샤프질을 하였다.

내가 보니 장민호가 재빨리 스테키를 한 것 같았다.

그는 정 기사에게 A 원 페어를 주고 자신에겐 222(트리플) 카드가 오도록 엮어서 나눠주었다.

5구째 7 원 페어를 달아서 A 투 페어 카드가 된 정 기사가 외쳤다.

"삥."

박 소장, 최 소장, 유상기 세 사람 모두 콜을 하였다.

"레이스 20만."

장민호가 살짝 레이스를 하였다.

장민호의 레이스에 A 투 페어라는 상당히 높은 카드를 들고 있던 정 기사가 머뭇거리지도 않고 카드를 덮고 죽었다.

장민호의 바닥 카드엔 원 페어도 없었다.

최 소장 콜, 유상기 콜, 박 소장 다이.

'허…. 이 녀석이 A 투 페어 카드 들고도 죽어버려?

내가 카드 만든 것을 눈치 챘나?'

장민호가 살짝 나를 쳐다보았다.

나 역시 이상한 느낌이 들어 고개를 가로저었다.

히든카드가 건네지고 공구장 유상기가 Q 투 페어 카드가 되어 레이스를 하였다.

장민호가 콜 하면 충분히 이길 수 있었으나 그냥 카드를 덮고서 남들이 보지 못하도록 다른 카드 사이로 집어넣었다.

그리고 다시 카드를 잡고 샤프질을 하였다.

이때 나이 어린 정 기사가 외쳤다.

"잠시 만요! 기리 한번 하렵니다.

카드를 바닥에 놓으십시오."

A투 페어의 카드를 가지고도 죽어버리고 샤프질 한 카드를 컷트(기리) 한다는 것은 장민호의 스테키 손장난을 알고 있다는 뜻이었다.

'이놈이. 알고 있으면서 내색은 하지 않고 내게 경고만 주는군.'

이후 장민호의 손장난이 통하지 않아 순수하게 카드 뜨는 것으로만 3~4시간 게임을 하면서 장민호는 히든까지 가서 큰 판에 지고 하여 500여만 원 돈을 잃었다.

"잠깐 쉬었다 하지, 시켜놓은 음식 다 식겠네."

"출출하니 음식 시켜놓은 것 먹고 합시다."

시켜놓은 음식을 먹기 위해 사람들이 테이블 밖으로 움직이면서 어수선한 분위기를 틈타 나는 준비해간 목 카드로 사람들이 눈치 채지 못하게 재빠르게 바꿔놓았다.

그리고 장민호에게 카드를 바꿨다는 신호를 보냈다.

식사를 대충 해결한 사람들이 다시 자리에 앉았다.

"어이 신 사장! 오늘 내 카드 운이 따르지 않으니 나 대신 자네가 게임 한번 하시게."

"세븐 카드 해본 지가 오래되어 언뜻 감이 오질 않아요. 요새는 거의 바둑이게임을 합니다.

여기서는 바둑이게임을 안 합니까?"

"여기서 우리도 바둑이게임 많이 해요."

"그럼 바둑이로 종목 한번 바꿔봅시다."

"알아서 하시오."

"그렇게 해봅시다. 세븐카드가 잘 안 되니 종목을 바꿔보지요."

장민호 대신 내가 들어가 게임을 시작하였다.

눈치 빠른 정 기사를 의식하여 카드 뒷면을 보지 않는 것처럼 자연스럽게 행동했다.

20~30분이 지나도….

아직 정 기사가 눈치 채지 못한 것 같았다.

아직 그의 태도에서 별다른 이상한 기색을 볼 수 없었다.

"점심 레이스 하세요"

최 소장의 그냥 가자는 소리에 박 소장은 가자고 했고, 유상기가 10만을 레이스 했다.

내가 콜을 외치자 정 기사도 콜 했다.

점심 때 공구장 유상기의 10만 레이스에 최 소장과 박 소장은 카드를 덮었다.

"저녁카드 따세요."

유상기는 스틱.

나는 땁.

정 기사도 땁.

스틱을 부른 유상기의 맨 윗장 카드를 보니 클로버 10이었다.

10으로 맞은 것 같았다.

다음번 내게 올 카드가 하트 8이라서, 10만을 콜하고 땁 카드를 땄다.

나에게 올 카드는 보았으므로 다음번에 정 기사에게 갈 카드가 궁금해서 정 기사에게 건너간 카드를 유심히 살폈다.

보아하니 다이아 Q 카드가 건너졌다, 나는 속으로 안심했다.

"저녁 레이스 하세요."

유상기는 삥을 했고. 나는 콜, 정 기사가 레이스 30만을 외친다.

'삥'과 '콜'을 하니까, Q로 맞춘 정 기사가 잘 맞은 척 레이스를 했다.

10으로 맞춘 공구장은 죽었고 나는 잠시 생각하는 척하다가 '콜'을 하였다.

지리산 실화소설

"콜입니다. 8로 약간 높게 맞은 것 같은데…"

내가 콜하고 들어오자마자, 그냥 카드를 던져버린 정 기사는 이상한 듯 고개를 갸우뚱하였다.

그리고 잠시 카드를 살피는 것 같았다.

그 뒤로 그 녀석은 몇 번을 카드를 덮고서 나와 다른 사람이 게임하는 것을 유심히 살펴보았다.

나는 신경을 쓰지 않을 수 없어서 거의 카드를 보지 않는 것처럼 아주 자연스럽게 행동하였다.

'이놈아! 너보다도 더 한 놈들과도 아무 일 없이 목 카드로 게임을 했던 난데 너 같은 녀석에게 책잡히겠느냐? '

속으로는 이렇게 자만했지만 실제로 계속 그의 행동이 눈에 거슬렸다.

이번엔 대놓고 이 녀석이 카드 뒷장을 이리저리 살펴보고 불빛에도 비춰보았다.

"공구장님! 다른 카드 없습니까?"

"왜 카드가 이상한가? 무슨 표시가 났어?"

"그런 게 아니고 손때가 묻어 카드가 칙칙해져서 그럽니다.

새 카드 하나 사오라고 다방에 시켜주세요."

그 나이 어린 정 기사는, 내가 바꿔놓은 카드가 목 카드인지 알아챈 것 같았으나 어느 곳에 표시되어 있는지는 아직 알지 못한 것 같았다.

새로 사온 카드로 바꿔서 게임을 한 지 4시간쯤 지나고 최 소장,

박 소장이 올 인 되고 정 기사, 나 그리고 공구장 유상기 세 사람만 남았다.

"세 사람만 남았고 시간이 꽤 지났으니 오늘은 그만하지요?

 내일 재정비하여 다시 한 번 합시다."

돈을 조금 딴 유성기가 그만하자고 말했다.

새 카드로 바꾸고 난 후 나는 속칭 콧구멍 파는 식으로 게임을 든든히 하여 돈을 잃지는 않았다.

장민호만 500여만 원 잃었을 뿐이었다.

새벽 5시 거의 날이 밝아올 무렵 우리가 최 소장의 컨테이너를 나서서 숙소로 돌아가려고 차를 주차해놓은 곳으로 걸어갈 때 누군가 급히 우리 뒤를 쫓아왔다.

"사장님! 잠깐만요.

 헉헉헉…. 저 아시겠지요?"

나이 어린 정 기사였다.

"사장님들 누구신지는 모르겠지만, 그런 것 하지 마세요.

 저는 나이는 어리지만, 도박판에서 산전수전 다 겪어본 놈입니다.

 오늘 일은 없었던 일로 눈감아 드릴 테니 다음부턴 하지 마세요.

 다음번에 다시 하시다가 제게 들키시면, 그땐 그냥 있지 않을 겁니다…."

그 말을 듣고 난 장민호와 나는 망치로 한 대 맞은 듯 멍한 느낌이 들었다.

우리는 서로 아무 말 없이 숙소로 돌아와 이내 잠이 들었다.

지리산 실화소설

따르릉. 따르릉.

전화벨 소리가 울리고 장민호가 전화를 받았다.

그 소리에 덩달아 나도 잠이 깨어 시간을 보니 벌써 오후 3시가 지나고 있었다.

"예! 알았습니다. 씻고 나서 제가 전화 드릴게요."

"어이! 공구장 유상기에게서 전화가 왔는데 내 얼른 씻고 가서 만나고 올 테니 자네는 한숨 더 자든지 알아서 하게."

"나도 잠은 다 잤네만, 다녀오게."

1시간 남짓 공구장을 만난 장민호가 다시 숙소로 돌아왔다.

"오늘 저녁 우리 숙소에서 공구장 유상기와 유상기 친구 그리고 우리 둘.

이렇게 네 사람만 놀자고 했네.

정 기사는 너무 어리고 해서 자네가 싫어하더라는 핑계를 댔네."

저녁 9시가 다 되어 부근의 식당에서 저녁을 먹은 우리는 전화 연락으로 공구장과 그의 친구를 만나 근처의 호프가게에서 인사 겸 호프 한잔씩 하고서 숙소인 모텔로 돌아와 곧바로 바둑이게임을 시작하였다.

3시간도 채 못 되어 공구장 유상기와 그의 친구는 각기 300~400만 원 정도를 잃고서 돈을 찾으러 나갔다.

"허~어, 이런 호구 녀석들이 어제 자네가 잃은 돈을 되찾아 주려

하네.

그나저나 이 녀석들은 별 탈 없겠지?”

우리는 공구장과 그의 친구를 상대로 아예 목 카드를 깔아놓고 간간이 손장난도 하곤 하여, 그날 밤 이들 두 사람으로부터 1,200만 원 돈을 따냈다.

장민호가 말했다.

“어이 공구장 유상기의 친구가 한 사람을 더 데리고 오겠다고 5명이 함께 게임하자고 하는데 어찌할까?

자네 생각은 어때?”

내가 대답했다.

“이곳에선 아는 사람이 오로지 공구장 유상기 한 사람밖에 없지 않나?

그러니 어떤 놈이 올지, 어떻게 될지 모르니 애당초 끌어들이지 않는 게 좋겠네.

내가 급한 일로 집에 내려가게 되었다고 핑계를 대고서 게임은 이걸로 끝내세!”

다음날 나는 아침 일찍 모텔을 나서서 집으로 향했다.

그 후 내 전화번호를 알아낸 공구장이 몇 번이나 다시 게임 한번 하자고 올라오라는 것을 나는 여러 가지 구실을 대고서 그들과의 게임을 피했다.

공구장인 유상기와 그의 친구인 현장작업자가 하룻밤 사이에 우리에게 천만 원이 넘는 돈을 잃었다는 소문이, 같은 현장에서 일하는 그 나이 어린 정 기사의 귀에 들어가지 않을 리가 없고 설사 우리가 사기도박을 하지 않고 순수한 실 카드로 했더라도 의심할 것이 분명하므로 위험한 일은 아예 애초부터 조심하기 위함이었다.

사기꾼들의 작업

2011년 11월.

공기업인 S기업 ○○ 사택 내 독신자 숙소.

밝은 조명이 비추는 둥근 원탁 테이블에 5명의 남자들이 둘러앉아 각자 자기 앞에 돈을 놓고서 카드게임을 하고 있었다.

"뭐합니까? 최 과장님, 레이스하세요.

과장님, 카드 안 하실 겁니까?"

"삥.

"레이스.삥 받고 100만 더!"

문찬호의 심한 베팅에 최 과장은 담배를 꺼내 물고서 불을 붙였다.

"잠시만요."

그리고 그는 무엇인가 기다리는 듯했다.

이때 최 과장은 귓속에 넣어놓은 콩알만 한 레시버에서 들려오는 '잘 안 보임', '모르겠음'이라는 소리를 듣고서 "꺾었습니다." 하고 카드를 덮었다.

스트레이트 카드를 메이드 한 최 과장은 바닥에 투 페어를 깔아놓고 레이스 하는 문찬호의 카드패가 무엇인지 확인을 못 해서 카드를 덮고서 죽은 것이다.

화장실을 다녀오겠다는 구실로 최 과장은 방 밖으로 나왔다.

주변을 살피며 독신자 숙소의 옆방으로 들어간 최 과장이 캐물었다.

"어떻게 된 거야? 왜 모르겠다는 말이 나오냐고?"

"카드가 안 보여요.

우리가 집어넣은 카드가 아닌가 봐요!"

"뭐라고? 카드가 보이지 않는다고?

그러면 저놈들이 카메라를 눈치 채고 카드를 다른 거로 바꿔놓았단 말이야?"

"과장님! 혹시 저 녀석들도 모르는 상황에서 카드가 바뀌었을 수도 있으니까 우리 카드를 다시 집어넣고 해 보십시다."

"알았어."

게임을 하고 있는 방 안으로 다시 들어선 최 과장은 말했다.

"조금 쉬었다가 합시다!

돈이 올인 직전이라 달랑달랑해서 돈도 찾아와야겠고.

어~이, 오 대리! 커피 한잔씩 부탁해.”

최 과장은 직장 동료인 오형기 대리에게 커피 한잔 부탁한다고 말하면서 살짝 눈을 흘겼다.

무엇인가 신호를 보낸 것이다.

최 과장이 돈 찾으러 나간 후 사람들이 커피도 마시고 화장실도 가는 사이에 오 대리는 원탁 위의 카드를 남들이 눈치 채지 못하게 재빨리 다른 카드로 바꿔놓았다.

“자리에 앉읍시다.”

5구째. 바닥에 A 카드 패가 떨어지자 임성열이 레이스를 하였다.

“합이 20만 원입니다.”

“클로버 K.”

최 과장의 귓속에 있는 리시버에서 다음에 받을 최 과장의 카드가 클로버 K라고 말해주었다.

K 원 페어를 가지고 출발한 최 과장은 자신이 받을 카드가 클로버 K라고 하자 속으로 살짝 미소를 띠며 외쳤다.

“레이스…. 20만 받고 50만 더.”

A 원 페어가 떨어진 임성열이 최 과장의 표를 살핀다.

최 과장의 5구째에 바닥에 깔린 패에는 원 페어도 없다.

그래서 다시 한 번 더 배팅하였다,

“50만 받고 100만 더입니다!”

"콜."

6구 카드가 건너지고 임성열은 바닥에 원 페어가 떨어져 A투 페어가 되었다.

최 과장은 K카드가 와서 보이지 않는 K 트리플(똘)이 되었고.

"레이스…."

"콜."

마지막 히든에 최 과장은 원 페어를 달아 K 풀 하우스가 되었다.

그리고 최 과장의 귓속에 "상대방은 A 투 페어, 레이스 하세요."라는 멘트가 울렸다.

"삥."

"레이스. 나머지 400만 올 인입니다!"

최 과장의 올인 레이스에 임성열은 잠시 생각에 잠겼다.

'바닥에는 원 페어도 없는데 저놈이 뽀플 카드에서 말랐거나 스트레이트가 메이드 안 되니까 꽁카를 날렸을까?

그런데 왜 저 녀석 카드를 읽을 수가 없지?

카드가 바뀌었나? 카드에 표시해 놓은 게 지워졌나?

에라 모르겠다.

바닥카드에는 원 페어도 없으니 확인이나 해보자.'

"콜입니다! 저는 A 투 페어입니다.

최 과장님 카드는 뭡니까?."

엷은 미소를 띠며 담배를 피던 최 과장이 말했다.

"찢어진 K 투 페어에서 히든 카드에 K가 떠서 K 풀 하우스가 되었습니다.

　감사합니다."

　"한 탑이 일단 올 인이 되었으니 저는 잠시 쉬럽니다. 세 분이서 하고 계세요."

　일단 올 인이 된 임성열이 옆에서 구경하고 있던 김주형 사장에게 눈짓을 하고 밖으로 나갔다.

　성열은 뒤따라 밖으로 나온 김주형 사장에게 말했다.

　"우리 카드가 아니요. 형님!"

　"뭐라고!"

　"지금 게임하고 있는 카드는 내가 집어넣은 삼각(목 카드 일종)이 아닙니다."

　"그럼 어찌 되었다는 말이야?"

　"저놈들이 바꿔치기 했거나, 우리 카드를 빼냈겠지요."

　"그럼 어떻게 하지?"

　"어찌 됐든 카드를 다시 바꿔야 하니까 내가 바람을 잡는 사이에 형님이 카드를 좀 바꿔 주십시오."

　"알았어! 그리고 지금 돈을 많이 잃고 있으니 카드를 든든히 하라고."

　먼저 김 사장이 방으로 들어가고 20~30분 후에 임성열이 들어갔다.

　"김 사장님! 돈 있으면 좀 빌려주십시오.

은행에 가서 나머지를 보니 돈이 하나도 없더군요.

내일 물건대금이 들어올 게 있는데 내일 오전 중으로 해 드릴 테니 1천만 원만 빌려 주십시오."

임성열이 김 사장에게 돈을 부탁한다.

"약속은 확실합니까?

그러면 선이자 조금만 떼고 드릴 테니 내일 오전까지 실수하지 마십시오."

"감사합니다, 김 사장님!

다방에 차 좀 시켜주십시오!

그리고 아가씨에게 커피 가지고 올 때 카드 새 걸로 하나 사오라고 하시고요."

"카드는 왜요?"

"카드가 사람들 손때가 묻어서 찐득찐득합니다.

카드가 칙칙해서 못 쓰겠네요."

임성열이 김 사장과 얘기하면서 문찬호에게 눈짓으로 신호를 보냈다.

문찬호 역시 김 사장에게 얘기를 하며 거든다.

"예. 김 사장님! 카드 바꿔야겠네요.

사람들이 카드를 쪼리면서 오그라진 것이 몇 장 표시가 납니다."

"알았어."

얼마 후 다방에서 아가씨가 차를 배달해왔다.

물론 아가씨가 새로 사 온 카드를 김 사장이 표시된 목 카드와 바꿔치기했음은 말할 필요가 없었다.

5구째.

문찬호가 20만을 레이스 한다.

최 과장, 오 대리, 임성열 모두 콜 했다.

Q 원 페어를 가지고 출발한 문찬호는 Q 카드가 와서 Q 트리플(뜰)이 되었고, 최 과장은 K 투 페어, 임성열은 A 투 페어, 오 대리가 바닥 6원 페어에 스트레이트 양빵이었다.

문찬호가 한패인 임성열에게 죽으라는 신호로 엄지손가락을 구부렸다.

6구째.

"레이스 50만!" 문찬호가 레이스를 한다.

최 과장 콜.

임성열 다이.

오 대리 콜.

마지막 히든카드가 가자 문찬호는 히든에 원 페어를 달아서, Q 풀 하우스가 메이드 되었고 최 과장은 히든카드에 K카드가 와서 K 풀 하우스가 메이드 되었다.

그리고 오 대리는 카드 5부터~9까지 스트레이트가 메이드 되었다.

문찬호가 외쳤다.

"레이스 100만!"

최 과장이 받았다.

"레이스 100만 받고 300만 더!"

최 과장의 되레이스에 문찬호는 잠시 생각하는 척하면서 최 과장의 카드를 살폈다.

히든에 떨어진 카드가 K 카드였다.

'이 녀석에게 K 풀 하우스가 떴구나.'

문찬호는 카드를 내려놓았다.

"꺾었습니다!"

그러고는 다른 사람들이 자신의 카드를 보지 못하도록 얼른 다른 카드 사이로 섞어버렸다.

스트레이트 메이드 된 오 대리도 문찬호가 죽자 그냥 카드를 덮어버렸다.

'이놈이 내 카드를 알아차렸나?

분명히 무엇인가 메이드 카드가 된 것 같았는데 왜 그냥 죽어버렸지?

그나저나 우리 카드가 아니니 기회를 봐서 다시 카드를 바꿔야지.'

최 과장이 속으로 혼자 중얼거렸다.

그 후 2시간 남짓 동안 문찬호와 임성열은 서로 각각 최 과장과 오 대리를 한 사람씩 맡아서 요리하였다.

바닥에 표시된 목 카드를 깔아놓고서 상대에게 무슨 패가 가는지를 훤히 끼고 있었으므로 서로 '죽어라, 레이스 해라.' 손가락으로 신호를 해가면서, 카드 게임을 하여 임성열이 잃었던 800여만 원 돈을 되찾고 오히려 1천만 원의 돈을 따냈다.

그렇게 2시간 남짓 카드도박을 했을 때 최 과장이 두 팔을 뒤로 하여 기지개를 켜면서 "저녁도 되었고 배도 출출하니 잠시 쉬고, 저녁이라도 먹고 다시 게임을 하십시다"라고 말했다.

"그러시지요! 반가운 소립니다.

제가 점심을 걸러서 배가 무척 고픕니다.

빈속에 담배만 피우니 속도 거북하고요….

과장님! 제가 음식 시킬까요?"라고 오대리가 반긴다.

"그래. 오 대리! 나는 곰탕이나 설렁탕 같은 탕 종류로 아무거나 시켜줘!

나는 차 안에 놔둔 담배 좀 가져올게."

차에 담배를 가지러 간다는 핑계를 대고 방 밖으로 나온 최 과장은 곧바로 옆 방으로 들어가 대책을 세웠다.

"어~이, 태열이! 이 녀석들이 눈치챈 것 같은데 어떻게 하지?

그리고 아무래도 새로 사 온 카드가 저놈들이 쓰는 목 카드 같아.

내가 무슨 물건을 잡고 메이드 하면 저놈들은 눈치를 채고 바로 죽어버리고 반대로 내가 꽁카를 치면 귀신같이 콜 하여 거의 잡아 내곤 했어."

"최 과장님! 지금은 어쩔 도리가 없으니까, 한번 더 우리 카드로 바꿔치기 해서 게임을 해보고 안 되면, 오늘 게임 그만해야지요…."

"그렇게 해야겠어!

어이 태열이, 쓰던 카드 하나 줘!

식사할 때 바꿔놓게."

사람들이 식사하고 하면서 부산한 사이에 최 과장은 또다시 사람들 몰래 카드를 바꿔놓았다.

이윽고 식사를 대충 마치고 다시 자리에 앉은 문찬호는 이상한 눈치를 챘다.

'어? 카드가 안 보이네? 우리가 쓰던 카드가 어디 갔지?

이것은 우리 목 카드가 아니잖아.

언제 또 이놈들이 카드를 바꿔놓았지?

그런데 이 카드는 무슨 카드일까?

그냥 카드일까? 렌즈 카드일까?'

문찬호가 남들 모르게 카드를 살피기 시작했다.

하지만 어디에 표시를 해놓았는지, 무슨 카드인지, 전혀 찾지를 못했다.

'이 녀석들이 설마 카메라를 들이대고 있는 거 아니야?'

의혹의 눈길로 최 과장과 오 대리를 바라본 문찬호는 그 후로 한동안 뻥만 대고 죽어버리고서 그들의 게임하는 태도를 주시하였다.

유심히 최 과장과 오 대리를 살피던 문찬호는 고개를 끄덕였다. 분명한 카메라 작업이었다.

그들은 가끔 귀에 손을 대고서 무슨 소리를 듣는 듯한 행동을 하곤 하였다.

당시에 렌즈는 귀해서 지금처럼 보편화 되질 않았고 카메라가 첨단 도박 장비로 사용되던 때였다.

당시에 카메라를 도박 장비로 사용하다 적발되어 종종 기삿거리로 TV 뉴스에 몇 번 방영된 적도 있었다.

또한 그들이 보내는 무선신호를 아마추어 무선사들이 우연히 포착하여 해당 관서에 신고한 사례도 몇 건 있었다.

문찬호는 임성열에게 눈짓으로 신호를 보냈다.

그 뒤로 문찬호와 임성열은 제각기 카드를 받으면 손으로 카드를 가려서 카메라가 보지 못하도록 카드를 손아귀에 감추어 놓고서 게임을 하였다.

한 시간 남짓 게임을 하다가 오형기 대리가 올 인이 되었다.

최 과장도 돈을 거의 잃어 그 앞의 탁자 위에 놓인 돈이 얼마 남지 않았다.

최 과장이 손 털고 일어났다.

"오늘 게임은 여기서 그만하지요!

오 대리도 올인 되고, 저도 돈이 달랑달랑해서 레이스가 제대로 되질 않습니다.

다음에 한 번 하십시다."

임성열이 인사했다.

"오늘 잘 놀았습니다."

문찬호도 응대했다.

"과장님, 그럼 다음에 뵙겠습니다."

임성열과 문찬호가 함께 문찬호의 차를 타고서 떠나고 그 뒤를 김 사장이 따랐다.

임성열이 휴대폰으로 김 사장에게 전화를 했다.

"형님! 어디로 갈까요?"

"전번에 갔던 ○○ 사거리 건너편 해장국집에서 보자."

3명은 ○○ 해장국집에서 콩나물 해장국을 시켰다.

"허허~ 형님! 저놈들이 카메라를 설치했어요.

렌즈카드를 집어놓고 카메라 작업을 했어요."

"처음엔 저 녀석들이 이상해서 다른 목 카드를 쓰는 줄 알았는데 카메라를 들이댈 줄은 생각도 못 했어요!

저놈들이 쓰던 카드를 살짝 빼내 오려다가 우리가 게임에서 이겨서 그만두었습니다.

개자식들⋯!"

"우리 카드는 확실히 챙겨 왔겠지?

저놈들도 자기들이 사기도박을 했으니 행여 우리 물증이 있더라도 저놈들은 아무 말 하지 못할 거야,

하여간 조심해야지.

찬호야 ! 그리고 저놈들을 어떻게 알았어? 그동안 그런 놈들인지도 모르고 게임을 했단 말이야?

"저도 다른 게임 판에서 놀다가 저 녀석들을 알게 되었는데⋯.

유명한 ○○기업체 직원들이라서, 설마…. 사기도박꾼들처럼 카메라 같은 장비를 사용할 줄은 꿈에도 몰랐지요.

개자식들이. 자기들 숙소에 그런 장비를 설치해놓고 같은 동료 직원들이나 협력업체 직원들에게 이런 식으로 작업했을 것 아닙니까?

그러고 보니 이놈들이 다른 곳에서는 거의 게임을 하지 않고 자기들 숙소로 사람들을 불러서 게임을 많이 했다고 얘기 들었습니다."

"유명기업체 직원들이 아니라 우리 같은 사기꾼들보다도 더한 사기꾼들 아닙니까? 도둑놈들!"

"어쨌든 우리가 저놈들 사기에 당하지 않고 오히려 저놈들에게서 한 푼이라도 돈을 따가지고 왔으니 다행이야.

어서 딴 돈 조회하고 돌아가서 쉬자!"

그 이후로 그 사람들이 그러한 사기도박을 계속하였는지는 모르겠지만 아직까지도 그 사람들이 그 회사에 재직하고 있다는 얘길 들었다.

사기꾼들끼리 서로 속이고 속이는 게임을 했던 웃지 못할 일이었다.

중장비
기사들(1)

2012년 5월 중순경.

따르릉. 전화가 걸려왔다.

"여보세요, 어이 인수! 나 S 중기 이태식인데 어디서 렌즈 좀 구할 데 없을까?"

"아! 형님 오랜만입니다. 그런데 렌즈는 어디에 쓰시려고?

어디 좋은 게임 판이 있습니까?

그럼 전화상으로는 곤란하니 만나 뵙고 말씀드리지요."

잠시 후 한적한 곳에 정차된 김인수의 차 안에서 두 사람이 만나 담배를 피워 물면서 얘기를 나눈다.

"어이 인수! 오늘 중장비 기사들끼리 500만 원씩 놓고 카드게임 한판 하기로 했어.

 그동안 우리끼리 여러 번 카드게임을 하였는데 판돈이 한 게임 당 5~6천만 원씩 되었어.

 그동안 난 3~4천만 원 정도 잃었네….

 내가 진작 자네 생각을 했어야 했는데, 자네를 깜박 잊고 있다가, 내가 돈을 많이 잃고 나서 본전 찾을 궁리를 하다 보니, 그제야 자네 생각이 떠오른 거야.”

 “형님. 제가 그 게임 판에 들어갈 수 있겠습니까?

 제가 들어가야 형님 본전 찾기도 쉽고, 게임 상황을 빨리 끝낼 수가 있지요.”

 “이곳 기사들은, 자기들과 모르는 사람들과는 카드를 하려고 하지 않아!

 그렇지 않으면 자네가 들어와 같이 하는 게 훨씬 낫지.”

 “형님! 렌즈를 한 번이라도 사용해 본 적 있습니까?”

 “아니 얘기만 들었지 아직껏 사용해 본 적은 없어.”

 “렌즈가 구형, 신형이 있는데 지금 제가 가지고 있는 이것은 아주 사용하기 편한 최신형 렌즈입니다.

 착용하기도 좋고 표시도 나지 않고, 게임하는 장소에 상관없이 카드도 잘 보입니다.”

 구형은 자세히 보면 렌즈를 착용한 눈이 붉게 보여 그 사실을 아는 사람에게는 들킬 염려가 있고 카드 또한 형광등 불빛에 맞는 렌즈를 착용해야 하므로 게임하는 장소에 따라 달라져서 사용하기가 불편하고 돈 색깔이 흑백으로 보여서 천 원권과 만 원권이 얼핏 구별이 안 될 때가 많아요.

이런 여러 가지 불편한 점이 이 최신형 렌즈로 보완되어 나온 겁니다.

그런데 카드는 집어 넣을 수 있습니까?

그리고 제가 형님께는 특별히 가게에서 파는 것과 똑같이 그대로 비닐 포장된 새 카드를 여분으로 하나 더 드릴게요."

"알았어! 사용법이나 가르쳐주게.

그리고 비용은?

얼마나 계산해 주면 돼…?"

" 잠시만요…형님, 카드 뒷면에 숫자가 크게 쓰여 있어요.

그리고 무늬는 카드 위쪽 부분에…♠, ♣, ◇, ♡

순서로 표시되어 있어요."

우리가 흔히 사용하는 콘택트렌즈와 같이 눈에 착용하여 카드를 보는 렌즈가 이미 오래전에 만들어져 사기도박판에서 가끔 사용됐다.

렌즈를 이용한 카드는 약품으로 카드를 식별할 수 있도록 만들어져 있다.

만든 사람에 따라서 식별위치가 약간씩 다르기는 하지만 렌즈를 만든 사람에게서, 카드도 만들어져 나오므로 대충은 식별위치가 통일되고 지정되어 있다고 할 수 있다.

맨 처음 렌즈가 만들어져 나왔을 때는 가격이 비싸고 알려지지 않아 극히 몇몇 사람들만 이용하였고 그 가격이 몇천만 원대로 부르는 게 값이었으나 지금은 몇십만 원대로 가격도 저렴해졌고 흔해서 구하기도 쉬울 것으로 생각한다.

이 카드는 우리의 육안으로는 판별이 안 된다.

그래서 카드 게임을 하다가 어떤 사람의 행동이 수상하거나 부자연스러우면 게임이 끝나고, 카드를 조회해 볼 수도 있고 또한 게임 중에 렌즈를 끼고서 확인해보면 렌즈카드인지 아닌지를 바로 식별해 낼 수 있다.

우리가, 아는 사람들과 카드게임을 하면서 렌즈 카드인지를 확인하기 위해 번번이 렌즈를 착용하기란 쉽지가 않다.

그래서 게임 도중 조금 이상하다고 여겨지면 카드 판이 끝나고 그 카드를 조회해 보면 알 수가 있다.

김인수는 자세한 설명을 해주었다.

"렌즈는 게임 시작하기 바로 전에 착용하시면 되고, 카드 읽는 법은 이러이러합니다.

그리고 비용은, 수익의 30%인데… 제가 형님을 믿으니까 게임이 끝나면 형님이 알아서 계산해 주세요.

렌즈를 이번만 쓰실 것이 아니잖아요?"

"알았어. 그럼 선금조로 우선 100만 원 주지. 그리고 내가 이긴 만큼 배당금액은 알아서 계산해 줄게…."

"형님. 제가 여분으로 드린 이 새 카드는 만일 게임을 하다가, 누군가가 카드를 바꾸자고 하면 다방에서 차를 시키면서 카드를 사왔을 때 그때 형님이 알아서 바꿔치기하시라는 겁니다.

그럼 게임 끝나는 대로 전화 주십시오!

기다리고 있겠습니다. 하여튼 돈 많이 따십시오."

"참, 이 녀석들은 완전 아마추어인 호구들이므로 자네가 들어오면 나 혼자 하는 것보다는 이놈들 돈 따내기가 훨씬 쉽겠구먼.

생각해보니 자네가 들어오는 방법이 있겠어….

만약 나나 우리 기사들 중에서 도박하다가 한두 놈 돈이 떨어질 것 아닌가?

그때 내가 돈 알아봐 줄 사람을 물어봐서 자네를 부를 테니 , 그때 자네가 돈을 가지고 와서 자연스럽게 내 소개로 그들과 안면을 트고서 돈도 빌려주게 되고 그러면 자네가 그 판에 들어올 수 있을 거야."

"좋은 생각입니다. 형님!

제가 기다리고 있다가, 형님으로부터 연락이 오면 딸라 돈이라도 준비하여 달려갈 테니 그런 식으로 연락을 하십시오."

그날 오후 6경, 변두리에 있는 S 토목 중장비사무실.

사무실 안쪽에 있는 회의실 탁자 위에서 4~5명의 남자가 수북한 담배 연기와 함께 각자 자신의 카드 패를 보느라 눈들이 붉게 충혈되어 있었다.

탁자 위에는 수표와 현금 등이 어지럽게 널려 있었고 두 남자가 서로 레이스를 하고 있었다.

그 중 한 사람은 이태식이었다.

"50만."

"레이스 50 받고 150 더, 합이 200만."

"레이스 150 받고 나머지 300 올인!"

상대방이 올 인을 실어오자 이태식은 찬찬히 상대방 카드를 살폈다.

바닥에 오픈되어있는 카드 4장에 원 페어도 없고 오직 같은 무늬의 하트♡ 카드가 4장 깔려 있을 뿐이었다. 그리고 처음 받은 2장의 카드는 하트 무늬가 아닌 ♣A 카드와 ♠10 카드.

그리고 마지막 히든카드는 ◇10 카드였다.

즉 플러시카드가 아니고 단지 10 원 페어 카드였다.

이태식의 카드는 K 투 페어.

이태식은 상대의 카드 패를 알아내고 나서, 일부러 표정을 곤혹스러운 듯하고는 결심한 듯 카드를 내려놓았다.

"에~잇. 할 수 없구만.

난 K 투 페어인데, 콜이야! 플러시카드 떴으면 먹으라고."

"으… 음…."

판돈이 1,000만 원쯤 되는 그 판을 이기고 나서도 그 뒤로 몇 번 승을 하여 이태식은 3,000만 원 정도의 돈을 따고 놀았다.

'허~어…. 병신 자식들 형편 없구만!

진작 이 렌즈카드를 써먹는 건데.'

4~5시간쯤 흘렀을까?

50대 후반으로 보이는 K 포크레인 사장이 가진 돈을 다 잃었다.

그리하여 그는 이곳저곳으로 전화를 하여 돈을 구하려고 발버둥 쳤으나 시간이 늦었고 남들 잠자는 시간이어서 돈을 구하지 못하자 표정이 어두워졌다.

"형님! 제가 돈을 쓰는 곳이 있는데 알아봐 드릴까요?"

"그래? 할 수 있으면 얘기 좀 해줘.

태식이 자네도 알다시피 내가 받은 8,000만 원짜리 ○○어음 이번 달 결제 아닌가?

그 어음을 담보로 할 테니 자네가 보증 서고 나 좀 소개해 주게나."

"이 사람은 남들처럼 이자를 많이 받지 않아요.

하나 약속날짜는 철저히 지킬 것을 요구하므로, 저는 지금껏 몇 번 이 사람에게 돈을 갖다 썼지만 약속날짜를 어긴 적은 한 번도 없어요.

만일 저의 소개로 형님이 이 친구 돈을 쓰시고 약속을 한 번이라도 어기면, 저도 앞으로는 그 친구와 돈거래가 힘들어집니다."

"알았어, 자네가 나를 믿고서 소개해주는데 자네를 봐서라도 실수가 없어야지.

어서 얘기나 해주게."

의자에서 일어난 이태식이 사무실 창 쪽으로 걸어가며 김인수에

노름꾼

게 전화를 걸었다.

"어이 김 사장! 나 S 중기 태식 형이야. 이러이러한 일이 있어서, 내가 보증을 설 테니 자네가 편리 한번 봐줄 수 있겠나?"

"알겠습니다. 어디로 갈까요?"

"S 중기 우리 사무실인데 전번에 자네가 날 만나려고 우리 사무실에 들른 적이 있지?

그 사무실로 오면 돼! 돈 얘기는 여기에서 당사자를 소개해 줄 테니 그때 얘기하고 그리고 돈은 좀 넉넉하게 준비해와."

얼마 후 김인수가 사무실로 들어섰다.

"안녕하십니까, 이 사장님?"

"어서 들어오게, 김 사장."

"좋은 놀이 하고 계십니다."

"우리끼리 노는 것이니 다른 곳에서는 절대 얘기하지 말게."

"형님은 돈을 따고 계십니까, 어쩌십니까?"

"이분은 K포크레인 박기준 사장님이신데 직접 포크레인 사업을 하시는 분이네.

내게는 형님뻘 되시고. 인사하시게!"

"안녕하십니까? 처음 뵙겠습니다. 김인수라고 합니다."

"얘기는 많이 들었소.

여기 함께 일하는 태식이 동생이 보증을 서고 내가 ○○어음을 담보로 드릴 테니 돈 좀 해줄 수 있겠소?"

"얼마나 쓰시려 하십니까?"

"우선 되는 대로 1천만 원만 해주시오.

그리고 이자는 어떻게 드리면 되겠소?"

"태식이 형님께 말씀 들으셨겠지만 저는 남들처럼 비싼 이자를 안 받습니다.

대신에 약속날짜만 제대로 지켜주시면 됩니다.

지금 돈 드릴까요?

그러시면 담보로 ○○어음 주시고 여기 차용증 하나 써 주십시오.

그리고 사장님!

게임 하시다가 돈을 다 잃으신 것 같은데 제가 사장님 카드 기리 살아나시라고 첫 거래지만 선이자 떼지 않고 그냥 드리겠습니다.

본전 찾고 이기시면 제 차 기름 값이나 좀 보태주십시오."

"허허허. 고맙소!

여기 앉아 차 한잔 드시면서 구경하고 있으시오.

내가 돈을 따면 축비 많이 드릴 테니.

어~이 내 카드도 돌려!"

다시금 K 포크레인 사장이 끼어서 5명이 카드게임을 하였다.

게임 중에 카드를 섞어서 나눠주는 딜러가 없었다.

자기들끼리 돌아가며 카드도 나르고 게임도 하였다.

한참 동안 카드 게임을 구경만 하던 김인수가 제안했다.

"제가 카드 나눠드릴까요?

다들 피곤하신 것 같고, 레이스 하기도 벅차실 텐데 카드까지 나
누면서 게임하시면 정신없겠네요."

"그리 해주시면 좋지요.

그럼 카드 좀 나눠 주시겠소?"

게임을 시작한 지 시간이 꽤 흘렀고 밤이 깊어지자 사람들이 지
치기 시작했다.

김인수는 카드를 샤프질 하면서 간간히 똘(트리플)을 만들어 이태
식에게 건네주곤 하였다.

이태식의 이러한 손장난을 아무도 눈치 채지 못했다.

모두가 자기 카드패 신경 쓰느라 정신없고 피곤했다.

또한 이태식이 미처 알아차리지 못한 상대방 카드를 김인수가 읽
고서, 테이블 아래로 다리를 툭툭 쳐서 신호로 이태식에게 알려주
기도 하였다.

시간이 흐를수록 김인수의 도움으로 이태식 앞에 돈이 쌓여만
갔다.

K포크레인 사장은 2시간이 채 못 지나서 다시금 김인수에게 1천
만 원을 더 빌렸고, 다른 중장비 기사 한 명도 김인수에게 500만
원을 빌렸다.

새벽 4시쯤 되어서 중기기사 2명이 올인 되어 약간의 차비를 얻
어 집으로 들어갔고, 이태식과 K포크레인 사장 그리고 덤프 기사
1명 세 사람이 카드게임을 하였다.

"세 사람이 카드게임을 하니 싸움도 안 되고 카드 패도 안 떨어지구먼.

어이 김 사장, 자네 카드 할 줄 아는가?

카드게임 할 줄 알면, 한 500 정도 놓고 들어와, 돈 많은 자네 돈 좀 따먹게."

"할 줄은 압니다만 제 카드 실력이 서툴러서.

서툴러도 이해해주신다면 세 분이 하시니 제가 한 코 맞춰 드릴 수 있습니다."

"그러시오, 들어와요."

이태식의 바람잡이 권유에, 못 이기는 척 김인수는 게임 판에 끼게 되었다.

밀고 당기는 레이스 판이 오가고, 김인수는 다른 사람의 돈을 따내어 일부러 이태식과의 게임에서 져주는 방법으로 이태식에게 돈을 몰아주었다.

1시간쯤 지나고 덤프 기사는 올 인이 되었고, K포크레인 사장도 가진 돈이 거의 얼마 남지 않았다.

김인수는 시작할 때 내어놓은 500만 원을 거의 다 잃고서 판을 끝내려고 했다.

"저는 일어서겠습니다. 사장님들께 돈을 빌려 드리고 나니 가진 돈이 더 이상 없어서….

다음에 다시 한번 더 게임하지요.

오늘 잘 놀았습니다."

"허허 오늘은 내가 운이 억세게 좋은 날이구먼. 이렇게 판쓸이 할 정도로 돈을 땄으니 그동안 잃었던 본전 한꺼번에 찾고도 남겠구먼."

"이 사장, 뽀찌 좀 주시게!

오늘 나 정확히 2,300만 원 잃었구먼.

내가 가지고 온 돈 500만 원, 그리고 여기 김 사장에게 2,000만 원 빌려서 지금 200만 원 정도밖에 남지 않았어."

"알았습니다. 형님."

이윽고 날이 밝아올 무렵 포크레인 사장과 덤프기사는 집으로 들어가고 사무실에는 김인수와 이태식 두 사람만 남았다.

"어이 인수, 사무실 문 잠가!

혹시 누가 들어올 줄 모르니까….

이 기사 800만, 김 기사 400만, 박 사장 500만 등 오늘 게임에서 현금만 전부 4,000만 원 정도 따냈구먼. 어떻게 할까?"

"형님이 알아서 계산해 주세요!

참 형님께 일부러 잃어드린 제 돈 500부터 주시고."

"오늘 자네 역할이 컸으니 1,500만 원 줄게.

내가 2,000만 원 가지고. 그리고 빌려준 돈이 2,500인데 그 돈 받으면 1,000만 원 더 줄 테니, 그 돈으로 자네가 빌려온 돈의 이자는 알아서 계산하고.

어때, 이만하면 서운하지 않지?"

"무슨 말씀을요, 고맙습니다! 형님.

그리고 오늘 일부러 제가 카드를 서툰 척했고, 돈도 잃었으니, 다음번에는 제가 쉽게 게임 판에 앉을 수 있겠네요…."

"그래 오늘 돈 잃어준 것 참으로 잘했어.

그리고 인수야! 며칠 후인 이달 28일은 저 녀석들 월급날이고, 어음만기 날짜가 되어 돈 수금할 곳이 많을 거야.

그때는 각기 돈들이, 서로들 최소한 2~3천만 원씩은 될 것이니 그때 잘 만하면 너와 나 최소한 1억 정도씩은 챙길 수 있을 거니까 잘해보자고…!"

"잘 알겠습니다. 고맙습니다. 형님!

제가 준비는 단단히 해놓고 있겠습니다.

형님, 그런데 이 사람들과 게임을 해보니, 굳이 렌즈를 쓰지 않고도 제 손장난만으로도 충분히 잡을 수 있겠는데요.

요새는 렌즈가 흔히 돌아다녀서, 만약에 게임 중에 어떤 놈이 들어와 혹시 렌즈카드를 알아차릴 경우가 있을지 모르니까 조심해야지요…."

"이놈들은 완전히 아마추어야.

그런 걱정은 안 해도 돼!

그리고 다른 사람은 절대 못 들어오게 해놨으니까 전혀 잡힐 일 없어.그러니 너의 손장난과 렌즈로 확실하게 잡아야 한다고.

또한 우리 사무실 판에 들어온 사람은 네가 처음이야."

"잘 알겠습니다."

"사무실 대충 치워놓고 밥 먹으러 나가자…"

어지러운 사무실 집기들과 쓰레기들을 간단히 정리한 두 사람은
사무실을 나와 시내로 향했다.

이윽고 날이 밝아오기 시작했다.

하룻밤 만에 1,500만을 챙긴 김인수는 무척이나 기분이 좋았다.

중장비
기사들(2)

2012년 5월 하순.

오후 4시경 역시 김인수의 차 안.

"인수야, 오늘은 우리 사무실 중장비 기사 5명 정도가 1시간 후에 시내 외곽에 있는 신세계 모텔에서 모이기로 했다.

거산 크레인 조재복 집사람이 남편이 노름하는 것을 알고서 난리야.

조 기사 집사람이 우리 사무실로 찾아와 난리를 칠까 염려되어 오늘은 아예 모텔 방을 잡아서 놀기로 했어….

그리고 오늘은 내가 돈 빌려줘도 될 사람 안 될 사람을 신호로 알려줄 테니, 손가락으로 동그라미 표시를 하면 OK.

X자 표시를 하면 NO! 알겠지?

또한, 돈 빌려줄 사람에게도 나와의 연관을 떠나서 인수 네가 확실한 담보를 잡고서 돈을 빌려줘!

금액은 1인당 2천만 원을 넘기지 말고.

오늘 저놈들은 돈을 많이 수금했을 거야.

그리고 게임을 할 때 6명은 복잡하니까 전번에 우리 사무실에서 한 것처럼, 우리 기사들 5명이 게임할 때는 네가 카드딜러를 보면서 내 상대방의 카드 패를 나에게 알려주고, 손장난으로 똘(트리플 카드)을 만들어 내게 주고 하다가 1~2명 빠지면 그때 들어와."

"예, 알겠습니다."

"오늘은 시작할 때부터 나와 함께 들어가도 아무 일 없으니, 곧바로 나와 같이 들어가자.

그래서 시작할 때부터 곧바로 카드 딜러를 보라고."

"그런데 형님! 오늘 약을 좀 쓰면 어떨까요?"

"약? 무슨 약인데?"

"예! 이 약은 일종의 환각제인데…

이 약을 복용하면 마약처럼 환각에 빠져 게임할 때 정신이 몽롱해집니다.

환각상태에서 게임을 하면 게임 이외는 모든 걸 잊어버리므로, 돈이 떨어지면 돈을 마련하기 위해 비정상적 행동을 하게 됩니다.

즉 사리판단을 제대로 할 정상적인 정신상태가 안 된다는 말이지요.

돈을 빌려줄 때….

이러한 점을 이용하여 상대방이 원하는 요구조건대로 지불각서 등을 써주게 되고 불리한 조건에, 집이나 부동산 그리고 승용차 등을 담보로 돈을 빌리게 됩니다.

결국 모든 것을 빼앗기게 되는 것이지요….”

“그런 약도 있어? 놀랍구먼.

그럼 그것은 인수 네가 알아서 해라.

여하튼 오늘 이놈들 완전히 껍데기를 벗겨 버리자고.”

이 약을 복용하게 되면 약 한 시간 정도 지난 후에 효과가 나타나는데, 특징은 얼굴에 땀이 많이 난다는 것이다.

모르는 장소에 가서 게임을 할 적에, 커피나 음료수 대접을 받고서 여름이 아닌데도 이런 일이 일어나면 게임을 중단하고 일어서야 한다.

약을 먹은 당사자는 의식을 못 하므로 그런 낌새를 전혀 느끼지 못하지만, 약을 복용하지 않은 사람은 의식이 있어 그 점을 얼른 알아채므로 그래서 사기꾼들이 약을 사용할 때는 약을 투약할 상대와 그 일행까지 함께 복용시킨다.

1시간 후 시내에서 승용차로 30분 거리인 외곽 지역의 신세계 모텔 607호.

특실인 듯 방이 널찍하고 조용했다.

이태식과 김인수가 방문을 들어서니 먼저 두 사람이 와 있었다.

"김 기사, 다른 사람들은?"

"예, 지금 이리로 오고 있답니다."

"무슨 사람들이 그렇게도 시간 개념이 없어?

한번 약속을 했으면 제때 시간을 지켜야지.

카드와 담배 음료수는 준비했어?"

"예, 여기 슈퍼에서 카드, 담배, 음료수를 제가 준비했고 방값도 제가 먼저 지불했습니다.

카운터 아주머니에게 원탁과 의자들을 준비해 주라고 부탁했으니 조금 있으면 가지고 올라올 겁니다.

이따가 비용으로 20만 원만 떼어서 저에게 주십시오."

"알았어, 담배 좀 주게나!

그리고 카드는 싸구려 말고 좋은 것으로 사 왔지?"

이태식이 담배를 꺼내면서 카드를 꺼내어 거실 테이블 위에 올려놓았다.

그리고 눈짓으로 인수에게 신호를 보냈다.

김인수 역시 알았다는 신호로 고개를 살짝 끄덕였다.

카드를 다른 사람들이 눈치 채지 못하게 렌즈카드로 바꿔치기하라는 신호였다.

잠시 후, 모텔 지배인이 원탁과 의자들을 가져와 방으로 들여오는 어수선한 사이에 김인수가 살짝이 카드를 바꿔치기해놓았다.

이윽고 일행들이 하나둘씩 방으로 들어오기 시작했다.

"어이, 이 친구들아! 시간약속 좀 지키라고."

"박 기사만 아직 안 왔군!

조 기사 자네는 집사람하고 별일 없었는가?"

"아이고 형님, 말 시키지 마시오.

핑계 대느라고 진땀깨나 흘렸는데.

어쨌든 오늘은 조금이라도 돈을 따가지고 집사람에게 갖다 주어야 의심을 안 살 텐데 걱정이요.

아무튼 우선 되는 대로 우리끼리 시작합시다.

마음이 급해요."

"어이 김 사장! 자네가 카드 좀 나눠 주게나.

우리끼리 게임 시작해야겠네."

크레인 조 기사, K포크레인 박 사장. 덤프차 김 기사, 덤프차 정 기사, 이태식 등 5명이 자리에 앉았다.

김인수는 이태식의 오른쪽에 자리를 잡고 앉아서 카드를 나눠주었다.

초반에는 사람들이 눈빛이 초롱초롱하고 정신이 맑아 있으므로 김인수 역시 무리하게 샤프질 하지 않고, 이태식이 자연스럽게 카드를 읽을 수 있도록 도움만 주었다.

"레이스 100 받고 300만 더."

"콜."

1만 콜…. 처음부터 1만 단위로 배팅이 시작되므로 3구째나 4구째가 되면 바닥에는 30~40만쯤 쌓이게 되고 히든까지 가게 되면 판돈은 100만 단위로 쌓이게 된다.

그리고 서로 카드패가 좋아서 히든까지 가서 레이스 하다 보면 게임 판돈은 1,000만 원 단위로 커진다.

K포크레인 박 사장이 A 원 페어를 홀딩 하여 초반부터 레이스를 하기 시작했다.

이태식은 카드 패가 좋지 않아 일찌감치 카드를 덮어버렸고 크레인 조 기사와 덤프트럭 정 기사가 5구까지 콜을 하며 따라갔다.

6구째. 박 사장은 A 투 페어 카드가 되었고, 조 기사는 5구까지 10, 8 투 페어에서 6구째, 8 카드가 와서 8 풀 하우스가 메이드 되었다.

덤프트럭 정 기사는 Q원 페어에 카드 4장이 무늬가 같은 포플(무늬가 같은 카드가 4장)이 되었다.

7구째 히든카드가 건네지고 박 사장은 그대로 A 투 페어, 조 기사는 8 풀 하우스, 덤프트럭 정 기사는 히든에 같은 무늬의 카드가 1장 더 떠서 Q 탑(플러시 카드)가 메이드 되었다.

박 사장의 뻥 소리에 조 기사가 50만을 레이스 하자 정 기사는 50 받고 200만을 더 레이스 하였다.

박 사장은 카드를 덮고서 죽었고 이에 조 기사가 200 받고 나머지 올 인을 실었다.

거산 크레인 조 기사의 카드 패를 스트레이트로 잘못 착각한 정 기사가, 되레이스를 하여 그는 그 판에서만 1,000만 원 돈을 잃었다.

한 시간이 채 지나기도 전에 덤프트럭 정 기사는 가져온 현금 1,800만 원을 다 잃고서, 김인수에게 차용증을 써주고 1,000만 원을 빌렸다.

이때까지 K포크레인 박 사장은 현상유지를 하고 있었고, 조 기사와 이태식만 각각 2,000만 원, 1,000만 원씩 이기고 있었다.

덤프트럭 기사인 정 기사와 김 기사만 크게 돈을 잃고 있는 중이였다.

"똑똑똑"

"누구세요?"

"태식이 형 접니다, 레미콘 기사 서지원."

"잠시만…. 어이 김 사장! 가서 방문 좀 열어주시게."

김인수가 의자에서 일어나 기지개를 켜고서 방문 쪽으로 걸어가 문을 열어주었다.

"미안합니다, 늦어서."

"서 기사, 왜 그리 늦었나?

얼른 자리에 앉아."

"자네가 없어서 영 기리가 서질 않는구먼.

처음부터 지금껏 계속 지고 있어."

덤프트럭 정 기사가 서 기사를 보면서 투덜거렸다.

김인수가 다시 카드를 나눠주었다.

새로이 레미콘 서 기사가 합세하여 6명이 되니 카드 판이 약간 복잡해졌다.

이태식이 상대방 카드를 보기도 쉽지 않았고, 김인수가 이태식에게 카드패가 쉽사리 보이도록 해주기도 어려웠다.

"레이스…. 콜, 레이스…. 콜."

2~3시간이 흐르고 결국 덤프트럭 정 기사는 4,000여만 원의 돈을 잃고서 더 이상 돈을 마련하지 못해 일어서야 했고, 같은 덤프트럭 김 기사 역시 레이스 한번 제대로 못 해보고 가져온 돈 2,000만 원을 잃고서 일어섰다.

그는 김인수에게 돈을 빌리지도 않았다.

처음부터 카드 운이 따르던 크레인 조 기사는 5,000만 원 돈을 따고 있고 K 포크레인 박 사장 역시 조금씩 돈을 따고 있었다.

이태식은 사람들이 많아 상대방 카드를 제대로 보지 못하여 오히려 돈을 잃어버렸다.

덤프트럭 기사들인 정 기사, 김 기사는 뒷전에서 애꿎은 담배만 피우다가 밖으로 돈을 구하러 간다고 방문을 나섰다.

시간은 거의 늦은 밤 11시가 되어갔다.

김인수가 잠시 화장실에 다녀오겠다고 옆 사람에게 카드를 주고서는 자리에서 일어났다.

화장실에 간 김인수는 담배를 꺼내어 한 모금 피우고선 잠바 안 주머니에서 준비해온 약을 꺼냈다.

'지금 박 사장, 조 기사, 서 기사 3명만 처리하면 되니까 알약은 3 알이면 되고.

음! 그런데 태식이 이 바보 녀석은 그 돈 하나 지켜내지 못하고 오히려 잃고 있어?

병신 자식…'

김인수는 뭔가 기분이 뒤틀린 듯 혼자서 중얼거리면서 바지 주머니에 알약 3알을 집어넣고 화장실을 나왔다.

"사장님들! 커피나 한 잔씩 타 드릴까요?"

"예, 그러시오."

"난 음료수 한 잔 주시오."

종이컵에 커피와 음료수를 준비한 인수는 몰래 주머니에서 알약을 꺼내 종이컵에 넣었다.

그리고 스푼으로 저었다.

"여기 있습니다."

사람들은 저마다 컵을 받아들고 고맙다는 인사를 했고 이태식은 속이 안 좋다는 핑계로 아무것도 입에 대지 않았다.

다시 자리에 앉은 김인수가 카드를 잡았다.

얼마 후 게임을 시작한 지 한참이 지났으므로 사람들이 경계를 늦춘 것으로 판단한 김인수는, 본격적으로 손장난을 하기 시작했다.

김인수는 우선 돈을 많이 따고 있는 조 기사를 대상으로 삼았다.

조 기사에게 AAA 카드 3장을 만들어 주었고 이태식에게는 333 카드 3장을 주었다.

4구까지 네 사람 모두 콜을 하며 따라왔고 5구째 조 기사가 레이스를 하여 박 사장, 서 기사는 카드를 덮었고 이태식이 콜을 하였다.

6구째.

조 기사가 원 페어를 달아서 보이지 않는 A 풀 하우스가 메이드 되었다.

이태식도 역시 원 페어를 달아 3 풀 하우스가 메이드 되었고, 조 기사 레이스에 이태식 역시 콜.

사람들이 조 기사와 이태식의 카드 패와 레이스에 신경을 쓰고 있는 사이, 김인수는 사람들이 알아차리지 못하게 한 장 남은 3 카드를 찾았다.

그리하여 3 카드를 맨 밑 장에 깔아두었다.

7구째 히든카드에서 보스인 조 기사에게 먼저 카드 1장을 건네주고, 사람들이 눈치 채지 못하도록 신속한 밑장빼기 기술로 맨 밑에 있는 3카드를 살짝 빼내어 이태식에게 건네주었다.

야릇한 미소를 띤 조 기사가 이태식을 쳐다보며 레이스를 하였다.

"삥."

"레이스 300만."

조 기사의 뻥에 이태식이 레이스를 하였다. 이때 조 기사가 300 받고 800만을 더 레이스 하자 이태식이 레이스 받고, 1,500만 올인을 불렀다.

"콜입니다."

이태식의 카드를 최대한 풀 하우스로 보고서, A풀 하우스인 조 기사는 미소를 띠며 콜을 하였다.

"형님! 뭡니까? 올인 카드 펴보세요.

저는 A풀 하우스 메이드입니다.

형님이 제 카드 이길 것이 없겠는데요?"

"허~어~ 히든에 3 포카드가 떴어!

그전에 나도 3 풀 하우스 메이드였는데 히든에 3카드가 올라와 3 포카가 되었네."

"뭐? 뭐라고요?"

"자네가 내 끗발을 살려주는구먼."

그 한 판에 조 기사는 이태식에게 3,000만 원 돈을 잃었다.

"레이스 200만."

"콜."

"콜."

"다이."

이태식이 외쳤다.

"콜. 표들 펴봐!"

이태식에게 666 카드 3장, 조 기사에게 A 원 페어, 박 사장에게 222 카드 3장을 만들어 주어 출발시킨 카드로 이태식은 666 똘로 마르고, 조 기사는 A 투 페어, 박 사장 역시 222 똘로 말랐다.

이 사실을 잘 알고 있는 김인수의 신호로 히든에 이태식이 레이스를 하자 A 투 페어인 조 기사, 2똘로 마른 박 사장은 잠시 생각하다가 각기 콜을 하였다.

어느덧 조 기사는 따고 있었던 5,000만 원 돈을 벌써 다 잃었고 오히려 자신의 돈 1,000만 원을 더 잃었다.

K 포크레인 박 사장 역시 조금 이기고 놀다가 지금은 2,000만 원 돈을 잃었다.

4구째.

조 기사는 K 원 페어를 가지고 출발하였는데, K카드가 떨어져서 K 똘(KKK 트리플)이 됐다.

박 사장은 A 카드가 떨어져(A원 페어), 레미콘 서 기사는 J 원 페어, 이태식은 ♥2, 3, 5 카드로 출발해서 ♥4카드가 떨어져서 (♥2, ♥3, ♥4, ♥5), 즉 스트레이트 양빵 카드가 되었다.

J 원 페어로 보스인, 서 기사의 20만 레이스에 4구째는 모두들 콜만 하였다.

5구째.

조 기사는 KKK 똘 카드 그대로였고, 박 사장은 A 투 페어가 됐으며, 서 기사는 J 카드가 떨어져 액면에 J, J, J 트리플(똘)이 되었다.

이태식은 클로버 4 카드가 떨어져 4원 페어 카드에…, 하트 2, 3, 4, 5(♥2, ♥3, ♥4, ♥5), 즉 스트레이트 플러시(임풀) 양빵 카드가 되었다.

하트 A나 하트 6 카드가 오면 스트레이트 플러시(임풀) 카드가 된다.

보스는 액면 똘 카드인 서 기사, 이태식은 박 사장 다음인 3번째 순서.

사람들 몰래 카드를 살피던 인수는 위에서 2번째에 하트 A카드가 있는 것을 보았다. 박 사장이 죽어야 그 2번째 카드가 이태식에게 간다.

김인수가 이태식에게 레이스 하라는 신호를 하였다.

"보스인 서 사장님! 레이스 하세요."

"액면 바닥 카드에 똘이 떨어져서 손님이 없겠군, 그래도 50만 쳤습니다!

따라서 오실 분은 알아서 하세요."

박 사장은 머뭇거리다가 그래도 A 투 페어이므로 혹시나 하고 콜 하였다.

"레이스 50 받고 100만 더!"

이태식의 되레이스에 '저 태식이 형이 플러시를 메이드 시켰나?'라고 생각한 조 기사는 하지만 "콜입니다."라고 따라갔다.

서 기사 역시 잠시 생각하다가 '허~어 액면 똘 카드를 보고 레이스를 하시다니, 뭔가 메이드 시키셨나? 하지만 역시 내가 뜨면 이기지.' 하고선 외쳤다.

"콜입니다."

박 사장만

"에이 50만 원만 떡 사먹었구먼⋯. 난 죽었어!"

중얼거리면서 카드를 덮었다.

6구째.

조 기사.는 원 페어를 달아서 K 풀 하우스가 메이드 되었다.

서 기사 역시 원 페어를 달아 J 풀 하우스가 메이드 되었고, 이태식은 하트 A 카드가 와서 ♥A, ♥2, ♥3, ♥4, ♥5, 즉 스트레이트 플러시 카드, 일명 임풀이 되었다.

서 기사가 레이스를 한다. "레이스 100만."

이태식은 콜을 했다.

조 기사도 콜 했다.

조 기사는 K 풀 하우스였지만, 모두들 히든까지 끌고 가려고 콜만 하였다.

히든카드가 건너지고⋯, 서 기사가 또다시 레이스를 한다. "레이스 300만."

이에 이태식이 300 받고 700만 더. 합이 1천만의 되레이스,

조 기사는 여기에 천만 받고, 가지고 있던 돈 나머지 1,500을 올인 실었다.

이태식의 카드를 플러시로 본 서 기사는, 조 기사가 올 인을 해 오자 흠칫 놀라서 카드를 덮어버렸다.

"그래, 콜만 할게!

"조 기사, 이번에도 미안하게 됐어….

난 임풀이야! 1부터 5까지 스트레이트 플러시. 자네가 또 운이 없구만…."

"뭐라고요? 임풀 카드? …아이고!"

카드를 덮고서 멍하게, 한동안 이태식의 카드만 처다보던 조 기사의 얼굴이 벌개지면서 이마에 식은땀이 흐르기 시작했다.

"카드 나를까요?"

"아니…. 잠시 좀 쉬겠소.

머리가 어지러워…. 그리고 돈도 떨어지고…."

가지고 온 돈 현금 3,000만 원을 다 잃은 조 기사는 자리에서 일어나 물 한 모금 마시면서 이마에 흐르는 땀을 훔쳐냈다.

이때 슬쩍 옆을 보니 박 사장, 서 기사 역시 이마에 땀방울이 맺히기 시작했다.

'약 효과가 슬슬 나타나기 시작하는구나….'

김인수가 음흉한 웃음을 지어보였다.

이태식도 피식 웃었다.

"세 분밖에 없으니 제가 한자리 낄까요?

지난번에 잃은 것 본전도 찾고 싶고…."

"그러시오."

"알아서 하게나."

"들어오세요."

김인수에게서 차용증을 쓰고 2,000만 원을 빌린 조 기사가 다시 자리에 앉아 5명이 다시금 카드게임을 시작했다.

시간이 지날수록 이태식과 김인수 앞에 돈이 쌓여만 가고 서 기사, 조 기사, 박 사장 세 사람의 돈은 점점 줄어만 갔다.

"레이스 300만."

"콜입니다. 저는 K 원 페어입니다. 투 페어면 드십시오."

박 사장의 카드 패를 훤히 알고 있는 김인수는 박 사장이 포플 카드에서 플러시를 못 뜨고, 원 페어에 말라서 꽁카를 치자 K 원 페어로 콜을 하였다.

돈이 다 떨어진 박 사장이 김인수에게 부탁한다.

"어이 김인수 씨!

돈 2,000만 원 더 빌려주시오!

돈이 다 떨어졌소, 올 인이요."

"사장님! 전번에 저에게 빌려 가신 돈도 아직 변제 못 하고 계시는데. 그때 저와의 약속을 어겼잖습니까?

이번엔 안 됩니다!

저와 한번 약속을 어기시면 다음부턴 제 돈은 쓰기 어렵습니다."

"오늘 인수 씨 돈부터 갚고 나서 카드게임 하려 했는데 어찌 그렇게 되었소.

미안하오…. 사정 한 번만 봐 주시오!

"안 되겠습니다. 미안합니다."

"이렇게 무릎 꿇고 사정하겠소!

한 번만 더 편리 좀 봐주시오, 부탁이요…"

연신 땀을 흘리면서, 박 사장은 무릎을 꿇고서 김인수에게 엎드려 매달렸다.

한편으로 처량하기도 했고 한편으로는 비굴해 보이기까지 했다.

'약발이 먹히는가 보군!'

이런 생각이 든 김인수는 속으로 쓴웃음을 지으며 말했다.

"그럼 다음번에 약속을 어기면 어떻게 하시겠습니까?"

"하라는 대로 다 해 드리겠으니, 알아서 하시오."

"그럼 지금 사장님이 가지고 계신 중기에 담보설정을 해주시고 이자는 XX%, 기한은 3개월입니다.

그렇게 하시겠습니까?"

"그럽시다…. 그렇게 하겠소."

"얼마를 더 쓰시겠습니까?"

"얼마까지 되겠습니까?"

"5천만 원까지 더 해 드리겠습니다."

결국 K포크레인 박기준 사장은, 자기 명의로 된 포크레인 중기에 지난번 빌려간 돈까지 합하여 7천만 원을 담보설정하고, 5천만 원을 더 빌렸으나 몇 시간이 흐른 후 결국은…; 김인수와 이태식에게,

자신이 가져온 돈 2천만 원까지 합하여 모두 7천만 원을 잃었다.

크레인 기사인 조 기사 역시 김인수에게 빌린 돈 2천만 원을 합해 전부 5,500만 원을 잃었고 서 기사, 정 기사, 김 기사 세 사람은 합하여 8~9천만 원 돈을 잃었다.

그날 밤을 새우고 이태식과 김인수는 이들 중장비 기사들로부터 모두 2억이 넘는 돈을 따냈다.

하룻밤 만에 렌즈카드와 손장난으로 2억이 넘는 돈을….

소설, 영화에서나 생각할 수 있는 일이 현실로 벌어진 것이다.

지금 이 순간에도. 어디에선가 많은 사기도박이 벌어지고 있을 것이다.

이보다 더한 사기도박도 무수히 많을 것으로 생각된다.

단지 우리가 모르고 있을 뿐이다….

2012년 6월 중순.

오후 3시경.

대낮부터 술집에서 연거푸 술잔을 비우는 거산 중기 크레인 기사인 조재복.

그는 친구인 장만옥과 함께 점심때부터 술을 마시고 있었다.

"도대체 무슨 일이야?

왜 술만 마시고 얘기를 하지 않냐?

무슨 일 있었지?

재복아! 친구인 내게 속 시원히 털어놓아 봐.

무슨 영문인지 말을 해야, 사정을 알 게 아니냐?"

"만옥아! 괴롭구나.

나 잠깐 어디로 피해있어야 할 것 같다."

"그래? 왜 그런지 사연이나 들어보자."

"술이나 한잔 따라주라."

그날 술집에서 조 기사는 친한 친구였던 장만옥에게 그동안 있었던 일을 자세히 털어놓았다.

"그동안 얼마나 잃었는데?"

"현금으로만 약 2억쯤 잃은 것 같다.

거래처에서 수금한 돈, 사무실에 입금해야 하는데 그 돈도 모두 도박판에서 날렸어."

"그동안 우리 기사들끼리만 게임할 때는 나도 몇 번 돈을 딴 적이 있었으나, 이태식이라는 중기기사가 김 사장이라는 돈놀이하는 놈을 불러와 우리와 같이 어울린 이후로는, 이태식 그 사람만 아주 많은 돈을 몇 번이나 땄고 다른 기사들은 모두 돈을 잃었어.

나 역시 그 이후로 한 번도 이겨보지 못했어."

"더 자세히 얘기해 봐….

도박에 대해 잘 아는 후배가 있는데 함께 얘기해보자."

며칠 후, 장만옥이 후배인 김성훈과 함께, 사무실에서 가까운 이랑 커피숍에서 조 기사를 만났다.

"서로 인사들 해, 여기는 내 후배인 김성훈.

이 친구는 나와 막역한 친구인 조재복이야!"

지리산 실화소설

"안녕하십니까?

김성훈이라 합니다."

"반갑네, 조재복이라 하네.

자네가 혹 나 좀 도와줄 수 있겠는가?"

"제가 도와드릴 일이 있으면 도움이 돼 드릴 테니, 그때 상황을 자세히 말해 보십시오!"

조 기사는 후배인 김성훈에게 그동안의 일을 자세히 얘기하였다.

"내가 카드 패를 아주 좋게 잡으면 이태식 이 사람은 카드를 덮어버렸고, 가끔 내가 꽁카를 치면 귀신같이 기막히게 잡아내곤 했네.

또 히든에 가면 거의 메이드카드가 되어서 이겼고, 하여튼 김 사장이라는 사람이 온 후로는 이태식이 거의 게임에서 모두 이겼어."

"카드 딜러는 누가 보았습니까?"

"우리끼리 게임할 때에는 우리가 서로 돌아가면서 카드를 날랐는데, 나중에 김 사장이라는 돈놀이하는 자가 우리 카드를 나누게 되었어."

"잘 알겠습니다. 그 김 사장이라는 사람과 이태식 두 사람이 짜고 한 것이 분명한 것 같습니다.

손장난을 했거나, 카드 뒷면이 표시된 렌즈나 목 카드가 들어갔을 겁니다….

이태식 그 사람과 카드 할 때 이상한 점 못 느꼈나요?

카드를 유심히 살핀다든가 하는….'

"그래 지금 생각해보니 이태식 그 사람이 예전과 달리 레이스 할 때 상대방 카드를 한참 살피는 것 같았어."

"그러면 선배님! 제가 그 판에 들어가면 그들의 사기행각을 잡을 수 있을 것 같습니다.

그렇게 자리를 만들어 보시지오."

며칠 후 S중기 사무실 안.

"어이 조 기사, 자네 이번에 게임 할 수 있겠어?

지난번 많이 상했잖아?

한 5,000만 원 정도 잃었지?

처음엔 거의 혼자서 돈을 다 따고 놀더니만, 나중에 자네가 너무 무리한 레이스를 했어."

"형님! 말도 마쇼. 돈도 문제지만….

집사람 때문에 집에서 한바탕 난리가 났어요.

지금도 집사람과 말도 안 해요."

"김 사장에게 빌린 돈은 해결했어?"

"그것 때문에 처남에게 몰래 사정해 놓았는데, 아마 2~3일 이내에 해결될 거요.

그나저나 반 본전이라도 건져야 할 텐데."

"그래? 그럼 이번 주 토요일 날 한판 하지?

그때까지 돈 준비해."

6월 마지막 주 토요일 오후.

지난번에 게임을 했었던 신세계모텔 607호.

"다 모였나?"

이태식의 물음에 마음이 급한 박 사장이 서둘렀다.

"야 ! 나는 마음이 급해, 얼른 시작하자.

지난번 잃은 것 오늘은 조금이라도 찾아야 해.

어서 자리에들 앉자고."

K포크레인 박 사장, 이태식, 덤프트럭 정 기사, 레미콘 서 기사 4명이 자리를 잡았다.

딜러를 보는 김인수가 조재복을 보고 묻는다.

"조 기사님 안 앉으실 겁니까?"

"먼저들 놀고 있으시오.

처남에게 돈을 부탁해서 처남이 이곳으로 돈을 가지고 오기로 했으니까 그때 게임 할 테니."

이태식이 조 기사의 말을 듣고서 화를 냈다.

"뭐라고?

어이 조 기사, 우리들이 노는 곳에는 아무도 들이지 말라고 했 잖아?

그러니 밖으로 나가서 처남을 만나라고."

"우리 처남은 노름에 대해서는 아무것도 모르는 순박한 사람이오.

그리고 내 바로 아래의 친 처남이니 아무 걱정할 필요 없어요.

도박신고 같은 것 걱정하지 마세요."

이때 김인수가 탁자 밑으로 이태식을 발로 툭툭 찼다.

그러자 이태식이 말했다.

"우리 차 한 잔씩하고 시작하지?

그리고 김 사장, 이 카드는 전번에 쓰던 카드 같은데 다른 새 카드 없는가?

정 기사, 아까 담배랑 카드 안 사 왔어?"

"형님. 비닐봉지 안에 보세요.

담배 살 때 카드도 새로 사 왔어요."

이곳에 온다는 조 기사의 처남이라는 사람이 누군지 모르니 렌즈카드를 빼고 순수한 카드를 쓰자고 김인수가 이태식에게 신호를 보낸 것이었다.

그리고 이후 상황을 봐서 카드를 바꾸기로 한 것이다.

그들은 1시간 남짓 카드게임을 했다.

처음에는 사람들 신경이 예민해져 있으므로, 김인수는 이태식에게 어설프게 카드를 만들어주지도 않았다.

이태식 역시 순수하게 게임을 하였다.

따리릭… 따리릭…

조 기사가 전화를 받았다.

"응, 처남. 이곳에 도착했다고?

그러면 607호로 올라와."

똑똑똑.

"잠깐만, 처남이야?"

"네."

"처남 인사해! 우리 사무실 동료들이야."

"안녕들 하십니까?"

"돈 가져왔어?"

"예. 매형, 지금 다 드릴까요?"

"우선, 2,000만 주고 여기 앉아있어.

끝나고 같이 술이나 한잔하게"

조 기사의 처남이라는 자는 친구인 장만옥의 후배인 김성훈이 었다.

그는 전혀 내색하지 않고 저쪽 거실로 건너가서 TV를 켜고 조용히 TV만 보고 있었다.

조 기사가 합세하여 5명이 게임을 하였다.

"레이스…. 콜…."

박 사장과 레미콘 기사인 서 기사의 카드 패가 잘 떨어져, 조금 이기고 있었고 이태식은 1,000만 원 정도 돈을 잃고 있었다.

"레이스 50만…. 콜…. 콜…."

A 원 페어를 홀딩 하여 출발한 덤프트럭 정 기사가 5구째부터 레이스를 하기 시작했다.

Q 원 페어가 떨어진 박 사장과, 8, 7 투 페어인 이태식은 콜을 하

였고, 서 기사는 카드패가 좋지 않아 일찌감치 카드를 덮었다.

조 기사는 K 원 페어를 홀딩 하여 출발.

그리하여 5구째 바닥에 K 카드가 떨어져 KKK(트리플, 똘)이 되었으나 레이스를 하지 않고, 그냥 콜만 하였다.

6구째.

정 기사는 A 투 페어가 되었고, 박 사장은 Q 투 페어가 되었고, 이태식은 8 카드가 떨어져 8 풀 하우스가 메이드 되었다. 조 기사는 원 페어를 달아서 K 풀 하우스 메이드.

A 투 페어인 정 기사의 레이스에 이태식이 살짝 건드렸다.

"레이스 100 받고 200만 더."

A 투 페어인 정 기사가 콜 하자 박 사장은 카드를 덮고 죽었고, K 풀 하우스 메이드인 조 기사는 할 수 없다는 듯이 콜만 했다.

7구째.

히든카드가 건네지고 정 기사 뺑, 이태식이 레이스 300만을 불렀다.

조 기사가 300 받고 600 더 레이스를 외쳤다,

이에 정 기사는 카드를 덮고 죽었고. 이태식은 600에 1,500만 더, 되레이스를 했다.

조 기사의 카드를 스트레이트나 플러시 카드로 착각한 이태식의 레이스에 조 기사는 기다렸다는 듯이 이태식에게 되레이스를 하였다.

"레이스 1,500 받고 나머지 올 인입니다."

이때 이태식의 카드를 살짝 보고서, 조 기사의 레이스를 들은 김인수가 테이블 밑으로 이태식의 발을 꾸~욱 눌렀다. 죽어라.

이 한판으로 이태식이 3,000만 원가량 돈을 잃자, 김인수는 이태식에게 눈짓으로 신호를 보냈다.

그리고는 사람들 모르게 카드 몇 장의 모서리를 구부려 놓았다.

"누가 카드를 구부려 놓았어?"

"카드 패를 볼 때 좋게 보지 않고 구부려서 보니까 카드가 구부려져 버렸잖아! 여기 좀 보라고 한두 장이 아니고 여러 장이 구부려져 있구먼…

누가 그랬어?

안 되겠네, 정 기사!

다방에 전화해 차 가지고 오면서 새 카드 하나 사오라고 해…!"

다방에 시킨 커피가 도착할 무렵, 김인수는 화장실에 좀 다녀오겠다고 하면서 자리에서 일어났다.

그리고 준비해놓은 렌즈카드를 꺼냈다.

똑똑!

"○○ 다방이에요."

"알았어"

김인수가 화장실을 나와 방문을 열어주면서 다방 아가씨에게서 받은 카드를 렌즈카드와 바꿔치기했다.

"차 한 잔씩 하고서 게임 합시다."

"어이 처남, 이리와 커피 한잔해."

"예, 매형 알았습니다."

사람들이 커피를 마시는 동안 김인수는 새 카드 비닐을 뜯고 샤프질을 하였다.

"매형 여기서 동료 분들이 카드게임 하시는 것 구경 좀 해도 되겠습니까?

TV에 재미있는 프로가 없어서 심심하네요."

"심심하면 그렇게 해."

그렇게 하여 조 기사는 김성훈이 카드 판을 지켜볼 수 있도록 만들어주었다.

1시간이 넘도록 거실에서 조용히 TV만 보고 있었던 조 기사의 처남에게서 별다른 낌새를 알아채지 못한 이태식과 김인수는 그에게 신경을 쓰지 않았다.

즉 그의 존재를 의식하지 못했다.

설사 꺼림칙한 느낌이 있었어도 이태식이 크게 돈을 잃은 상황이라 그런 것에 신경 쓸 겨를이 없었다….

김인수가 손장난으로 샤프질 하고 레이스를 하여, 조금씩 이태식이 잃은 돈을 회복해 나가기 시작했다.

"레이스 100만."

박 사장의 레이스에 이태식은 박 사장의 카드를 살폈다.

원 페어도 보이지 않고 카드 무늬도 서로 틀렸다.

"콜."

이때 이태식의 얼굴을 주시하던 김성훈은 조용히 고개를 끄덕였다.

'음, 렌즈 카드나 목 카드가 틀림없는 것 같군!

내가 직접 렌즈를 끼고서 확인해 봐야겠다.'

화장실로 간 김성훈이 준비해간 렌즈를 착용하고 다시 자리로 돌아와 앉았다.

그리고 카드를 쳐다보니 확실한 렌즈카드였다.

숫자와 무늬가 또렷이 시야에 들어왔다.

김성훈은 엷은 미소를 지었다.

다음은 김인수의 손장난만 확인하면 되었다.

한동안 김인수의 샤프질 하는 손을 유심히 살피던 김성훈은 또 다시 미소를 띠웠다.

그리고는 조 기사를 쳐다보고서 고개를 끄덕였다.

그들의 사기행각을 확인했다는 신호였다.

2~3시간 지난 후로 김성훈의 존재를 전혀 의식하지 않은 김인수와 이태식은, 김인수의 손장난과 렌즈카드 사용으로 다시 이태식 앞에 돈을 크게 쌓아 놓았다.

박 사장과 서 기사, 정 기사는 이미 가져온 돈을 다 잃고서 다시금 김인수에게서 각기 1,000만 원, 2,000만 원의 돈을 빌렸다.

조 기사 역시 4,000여만 원의 현금을 전부 잃었다.

새벽 4시쯤.

박 사장, 정 기사, 서 기사의 올 인으로 게임 판이 끝났고….

돈을 딴 이태식과 딜러를 본 김인수에게서 차비 조로 돈을 받아 든 사람들이 하나둘 방문을 나선다.

"태식이 형, 잠깐 나 좀 봅시다!"

"무슨 일이야?"

"사람들 다 가고 나면 얘기해요."

"저도 일어서야겠습니다."

일어선다는 김인수의 말에 조 기사가 막았다.

"김 사장도 함께 얘기 좀 하게, 조금만 기다리시오."

이윽고 다른 사람들이 방문을 나섰고 방 안에는 김성훈, 조 기사, 이태식, 김인수 네 사람만 남았다.

조 기사가 김성훈에게 말한다.

"어이 성훈이! 방문 잠가!

김 사장. 너 이리 와봐, 너는 누구야?"

"무슨 소립니까?"

"이 자식이…

야! 좋게 말로 얘기할 때 사실대로 실토해."

이때 김성훈이 휴대폰을 꺼내 전화를 했다.

"게임이 끝났으니까 다들 들어와. 607호실이야!"

똑똑.

지리산 실화소설

"접니다, 형님!"

방문을 열고 건장한 덩치들 3명이 들어왔다.

"이놈들이 사기 친 놈들입니까?"

"조용히 해! 내가 먼저 이놈들과 얘기해보고.

안 되면 너희들에게 맡길 테니…"

조금 전까지 게임을 했던 카드를 김성훈이 챙겨 와서 물었다.

"이 카드 누가 가져왔어?

너 이리와 봐, 네가 가져온 거지?

이 싸가지 없는 새끼가….

너…, 이름이 뭐야?"

"김인수입니다."

"어디서 카드를 가져왔어?

겁대가리 없이 이 자식들이…. 렌즈에다가 손장난까지 둘이서 지금까지 얼마나 해 먹었어?

내가 지금부터 좋게 말로 할 때, 시인해.

그리고 여기 이 종이에다 그동안 둘이 해먹은 금액을 정확히 적어! 또한 둘이 함께 짜고서 사기도박 했다는 시인서를 각자 여기에 적어.

만약에 조금이라도 거짓이거나 틀리면 너희들을 매장해 버릴 거니까….

또한 너희의 사기를 돈 잃은 다른 기사들에게 얘기해 버릴 테니까…"

이날 이태식과 김인수는 가지고 있던 돈을 모두 빼앗기고 심한 구타를 당했다.

　그리고 ○○일까지 3억 원을 더 해주기로 차용증을 써야 했다.

　사기꾼들이 또 다른 사기꾼들에게 털린 상황이다.

　뛰는 놈 위에 나는 놈이 있었다….